昼《ひる》行《あん》燈《どん》

布引左内影御用

和久田正明

時代小説文庫

角川春樹事務所

本書はハルキ時代小説文庫の書き下ろしです。

目次

主な登場人物

布引左内《ぬのびきさない》
北町奉行所の定町廻り同心。馬面でどこか間が抜けて見える面相で、『昼行燈』で通っている。実は中西派一刀流皆伝の腕前で、人知れず法で裁けぬ悪人を粛正している。

布引田鶴《ぬのびきたづ》
左内の美人妻。箏曲の腕は並ぶものがなく、旗本の娘たちに伝授している。やや見栄張っり。

布引坊太郎《ぬのびきぼうたろう》
左内と田鶴の長男。賢い上に美形の少年。今年から寺子屋に通い始める。

お勝《かつ》
左内が行きつけの、居酒屋『放れ駒』の女店主。色黒だが艶のあるバツイチ美人。

お雀《すず》
左内の手先で非業の死を遂げた、長次が遺した娘。右足が不自由だが、推理力に優れる。

音松《おとまつ》
左内の手先でもある暦売り。色白でのっぺり顔。

大鴉の弥蔵《おおがらすのやぞう》
五年前から大店ばかりを狙って押し込みを重ねる凄腕の盗賊。誰一人疵つけず、無血で大金を奪う、美学の持ち主。

昼行燈

布引左内影御用

第一章　美しい家庭

一

紅顔の美少年は行く、師走《しわす》の町を。

十二月八日は事始めで、庶民は新年を迎える支度に忙しい。家々では正月の諸道具を取出し、笊《ざる》や目籠《めかご》を竿《さお》の上に取りつけて屋根に立てる。天上から降ってくる福を拾うという言い伝えだ。さらに十三日の煤払《すすはら》いを間近に控え、町はなんとはなしに雑然としている。

そんな浮世《うきよ》の習いにはまったく無関心に、少年は八丁堀《はっちょうぼり》から鉄砲洲《てっぽうず》へと向かっていた。

年は八歳ほどで、紺絣《こんがすり》の着物に袴《はかま》を着け、木製の脇差《わきざし》を差している。つまりは武家の子息なのだ。それが大きな唐草《からくさ》模様《もよう》の風呂敷《ふろしき》に何やらいっぱい詰め込み、泥棒《どろぼう》みたいに首に括《くく》っている。髷《まげ》は前髪立ちで、すり減った下駄《げた》を履《は》いている。

少年の行く先には、まるで明るい未来でも待っているかのようで、どうしたわけか彼の顔は赫々《かつかく》と輝いているのである。

ようやく鉄砲洲 本湊町《ほんみなとちょう》へ辿《たど》り着き、少年が岸壁に駆け寄ると、眼前に佃島《つくだじま》が控え、その向こうには見霽《みはる》かす大海原《おおうなばら》が広がっていた。

その壮大さに少年は目を見張る。

海鳥の群れが絶叫を上げて飛び交い、また冬晴れの佳《よ》き日ゆえに幾艘《いくそう》もの漁船が輻輳《ふくそう》している。波しぶきが河岸に叩《たた》きつけ、その音凄《すさ》まじく、風は身を切るように冷たい。

しかし少年はそんなことはものかは、海へ向かってにこにこと夢見るように笑ってみせる。実に愛くるしい爽《さわ》やかな笑顔だ。

するとその少年のことを、見廻《みまわ》りの途中の自身番《じしんばん》の家主《いえぬし》と店番が最前から怪しんで見ていて、恐る恐る近づいて来た。少年といえども相手が武家で、後で主家からお叱《しか》りを受けたりしてはいけないので二人とも用心している。

「あのう、もし、坊《ぼ》っちゃま」

老齢の家主が声を掛けた。

坊っちゃまは二人を見て、ちょっと困った顔になった。逃げ出したいような風情《ふぜい》にも見える。

「はてさて、何をしていなさる、どこへ行くつもりかな」

家主の声色はやさしげだ。

坊っちゃまは口を尖《とが》らせて何か言いかけるも、うなだれて黙り込んでしまった。

本湊町の自身番へ連れて来られても、坊っちゃまはうつむいて黙《だ》んまりを通していた。

自身番の構成は五人番といい、家主二人、店番二人、番人一人となっている。

五人の町役人《ちょうやくにん》に囲まれ、坊っちゃまは物怖《ものお》じはしないものの、背中の辺りがむずむずするかのようで居心地が悪そうだ。

「坊っちゃま、腹は減ってねえかね」

最前の老齢の家主が、引き続き坊っちゃまに問うた。

「減ってません」

坊っちゃまが初めて言葉を発した。そうして首を横にふるが、その仕草のそばから腹がくうっと鳴った。

五人は失笑で見交わし合い、老齢の指図で若い番人が表へ出て行った。食い物をどうにかするようだ。

「今、うめえもん食わしてやるからな」

老齢に言われ、坊っちゃまは当惑の体《てい》でもじもじとしている。

「どこへ行こうとしていたんだね、それくれえは明かしてもよかろうて」

「船に乗るんだ」

少年が突拍子《とっぴょうし》もないことを言いだした。

「船に乗ってどこへ行く」

「えっと、阿蘭陀《オランダ》とか、英吉利《イギリス》とか。南蛮渡来《なんばんとらい》の絵図で見たんだ」

武家の家ならそんなものも手に入るのかも知れない。

老齢は仰天《ぎょうてん》して目を丸くする。

「そんな所へ行ってどうするつもりだ。髪の毛が真っ赤で、天狗《てんぐ》の鼻をして、おまけに青い目の奴《やつ》らに取って食われちまうぞ」

「本当ですか」

少年はびっくりまなこになる。

「そうともよ。でえち坊っちゃまのふた親は許しちゃくれねえだろう」

「親はいません」

四人がざわついた。

「嘘《うそ》つくな、あり得ねえ話だ」

もう一人の中年の家主が口を入れて、

「おめえ、名めえは」

「……」

「名無しの権兵衛《ごんべえ》なのか」

「布引坊太郎《ぬのびきぼうたろう》」

蚊《か》の鳴くような声で坊太郎は言う。

またざわめきが起こった。

「お、おい、布引様っていったら、北町のあの旦那《だんな》のことじゃねえのか」

老齢が言うと、中年がうなずき、

「そうだな、あの布引様に違えねえよ。なんとまあ、こんな坊っちゃまがいたとはのう」

坊太郎を覗《のぞ》き込み、

「お父上は北町のお役人様だな」

確認した。

坊太郎はばつの悪い顔で認めて、

「嘘をついてすみません。父上は布引左内《さない》です」

番人が箸《はし》と丼《どんぶり》を手に戻って来た。湯気の立ったうどんで、近くの蕎麦屋《そばや》で調達したものだ。

「さあ、食いねえ」

坊太郎は箸と丼を番人から受取るや、じっとうどんを見つめた。感謝に堪《た》えぬ目だ。

五人が見守っている。

「頂きます」

やがてふうふうと吹きながら、坊太郎はうどんを食べ始めた。かなり空腹だったようだが、そこは武家の子だから下品に貪《むさぼ》り食ったりはしない。静かで、おとなしやかなのだ。

それを見ていて、五人は表情を和《なご》ませる。

やがて坊太郎から離れ、五人が小声で談合を始めた。あの子をどうする、ということになり、布引様はこの時刻には屋敷にいないだろうから、奥方様に来て貰《もら》おうということになった。どんな奥方だと老齢が四人を見廻して言うと、しんとして、誰《だれ》も知っている者はいない風だ。

すると番人が知っているらしく、難色を示しておずおずと、

「布引の旦那はいい人だけんどなあ、奥方様はそうはゆかねえ。おっかねえ人なんだよ」

「どうおっかねえんだ」

老齢が聞くと番人は声をひそめ、雪女みてえな人で笑った顔を見たことがないと言う。

「とは言っても、ここに置いとくわけにゃゆかねえだろう。ともかくお母上にあの子を引取って貰うんだ」

老齢が断を下し、番人は母親へ知らせに渋々出て行った。

一刻（二時間）ほどして、坊太郎の母親の田鶴《たづ》が番人と共にやって来た。同心の妻とは思えぬ上等の小袖《こそで》姿で、まずはきりりと柳眉《りゅうび》を逆立てて坊太郎を睨《にら》んだ。

坊太郎は落ち着きを失い、消え入りたいような風情となる。

田鶴は目許《めもと》あくまで涼しく、鼻が高く、唇の薄い女だ。おまけに色白だから番人が言う通りにまるで雪女のように見えるも、蓋《けだ》し美形なのである。年は三十半ばだ。

坊太郎は田鶴が怕《こわ》くて、亀《かめ》のように首を引っ込めている。

「坊太郎、こちらへ参れ」

田鶴は決して自身番のなかへは入らず、外に立って坊太郎に命じた。

「はい、母上」

坊太郎が健気《けなげ》に答え、すぐに立ち上がって風呂敷包みを背負い、母親の前へ行って直立した。

その頬《ほお》を、田鶴はものも言わずにぱしっと平手で張った。

町役人の五人は凍りつく。凍りつきはすれど、それが武家の家庭の躾というものであろうと思い知る。

「迷惑をかけて相すまぬ。堪忍《かんにん》致せ」

田鶴は五人に向かって慇懃《いんぎん》に一礼し、強い力で坊太郎の手を引き、身をひるがえした。

自身番の連中などは所詮《しょせん》は町人だから、田鶴は当然上から目線になる。下級武士の妻ではあっても、誇り高きがゆえにそうなるのだ。

二

三尺手拭《てぬぐ》い、扇《おうぎ》、矢立《やたて》、鼻紙、糠袋《ぬかぶくろ》、耳掻《みみか》き、指刀《さしがたな》、錐《きり》、硯箱《すずりばこ》、算盤《そろばん》、針糸、提灯《ちょうちん》、蠟燭《ろうそく》、綱《つなみ》三筋《すじ》等々——風呂敷を広げると、細々とした旅の諸道具が出てきた。

家出するに当たり、坊太郎がひそかに取り揃《そろ》えたものだ。

それらを坊太郎の父親布引左内が、啞然《あぜん》とした様子で眺めている。帰宅するなり田鶴から坊太郎の家出を聞かされ、左内は耳を疑った。その横には田鶴が依然として険《けわ》しい表情で座している。

八丁堀の岡崎町《おかざきちょう》にある布引家の組屋敷の一室で、敷地は百坪もあるのだ。

尋常ならば母屋《おもや》に家族が住み、空いた所に家作を建てて人に貸し与え、店賃《たなちん》を取って副収入を得るのは下級武士の常で、またそれをお上より許されてもいた。

しかし布引家はそれをしないのである。他人が、しかも町人風情がおなじ敷地に住むことを田鶴が許さないからだ。

左内は馬面で、どこか間が抜けて見えるご面相ゆえ、人に警戒心を抱かせない。この男に対する世評はと言えば、ずばり『昼行燈《ひるあんどん》』なのである。どこにいて何をしていても、可もなし不可もなしの小役人ぶりで、何事にも当たらず触らずで生きている。やる気があるのかないのか、無気力にさえも見える。年は四十過ぎで、北町奉行所定廻《じょうまわ》り同心を勤めている。三十俵《びょう》二人扶持《ぶち》の下級武士だ。

因《ちな》みに言うなら、左内の所有する十手は二種類あり、常用のものは一尺（約三十センチ）の真鍮《しんちゅう》銀流し十手で、身分を示す官給品であり、下手人《げしにん》の生け捕りが目的ゆえに攻撃力は低いものの、十手術さえ身につけていれば攻撃も防御も自在である。刀の相手と闘う場合、十手の芯棒《しんぼう》で受けてひねり、刀を奪い取ることも可能だ。剣術同様に、左内は十手術も身につけている。もう一つの十手は鉄製で二尺（約六十センチ）もあり、これは大捕物に出役《しゅつやく》の折、実戦向きに使用することにしていた。

左内が加わったことで、田鶴は勢いを得たかのように、

「坊太郎、なぜ家出をしましたか。何か不満でもあってのことなのか」

左内も身を乗り出す。そこが知りたいところだ。

「いえ、特に何も。南蛮の本によその国の絵図が載っていて、それを読んでいるうちに急に知らない国へ行ってみたくなったのです。考えが浅かったのです。お許し下さい」

「その絵図はどうしました」

「もう返しました。杉崎数馬《すぎさきかずま》から借りたのです」

おなじ八丁堀の同心の子の名を挙げた。

「旦那様、どうしたらよろしゅうございますか」

「ま、まあ、子供の浅はかな思慮で仕出かしたことですから、あまり深く考えぬ方がよろしいのでは」

左内は妻に対し、遜《へりくだ》ったもの言いをするのが日常となっている。

「されど坊太郎は寺入りを控えているのですよ。大事を前にして分別がなさ過ぎます」

寺入りとは寺子屋に入門するという意味であり、坊太郎は八歳だから八丁堀坂本《さかもと》町《ちょう》二丁目の私塾へ行くことが決まっていた。学問には田鶴が熱心で、衣服、書道具、草紙《そうし》など必要なものはすべて整えてあった。

「おまえ、まさか寺入りが嫌で家出をしたのではあるまいな」

田鶴の言葉に、坊太郎は心外な顔になり、

「そんなことはありません、寺入りは今から楽しみにしております」

「田鶴殿、よその国の絵図を見たのも向学心からと思えますので、その辺はお汲《く》み取りのほどを」

「相わかりました。それならそれでよろしいでしょう。坊太郎、もう二度と家出はなりませぬよ」

「はい」

「では罰として今宵《こよい》の夕餉《ゆうげ》の御飯は減らします」

「えっ、あっ……」

坊太郎が見る間に落ち込んだ。

「田鶴殿、それはちと可哀相《かわいそう》ではありませんかな。わたしの分を減らしても構いませんから、坊太郎にはいつも通りに。育ち盛りはたんと食べねばならぬと思うのですが」

「いいえ、旦那様には大事なお役があるのですから、きちんとお食べなされませ。わたくしにもお稽古事《けいこごと》がござれば滋養《じよう》はつけねばなりませぬ」

田鶴は余業として、何軒かの下級旗本の屋敷へ出掛けて行き、そこの娘たちに箏《そう》曲《きょく》を伝授していた。琴に関して田鶴は並ぶ者のないほどの一流の腕前を持っており、各旗本家から乞《こ》われてのものだ。身装《みなり》がいいのは、旗本家とのつき合いがあるからである。

「旦那様、今日はどうされておりましたか」

矛先《ほこさき》が自分に向けられたので、左内はやや慌て、ぴっと襟《えり》を正すようにして、

「はっ、いつも通りにつつがなくお役をこなして参りました。各町内を巡り歩き、障《さわ》りがないかどうか聞いて廻り、幸いにして何事もなく一日を終えました。あ、いや、一件だけ気になることがござり、その者が不在でしたので夜にでも会いに行こうかと。気になることと申すのは――」

左内の言葉を、田鶴は遮《さえぎ》って、

「それはよろしいですわ。わたくし如《ごと》きが聞いても詮なきゆえ、お役なれば夕餉を済ませた後にどうぞお出掛けなされませ」

田鶴は町場のことには無関心なのだ。

飯の支度に田鶴は席を立ち、

「坊太郎、今度家出をしたら親子の縁を切りますよ」

「ええっ」

「人の笑いものにされるのは御免蒙《ごめんこうむ》ります」

坊太郎はがくっとうなだれる。

田鶴が台所へ去ると、左内は「やれやれ」と言って肩の凝《こ》りを揉《も》みほぐし、急に八丁堀役人独特のべらんめえ口調になって、

「やい、てめえ、なんだって家出なんかしやがったんだ。おれの面目丸潰《めんぼくまるつぶ》れじゃねえか」

坊太郎も力を抜いて、尋常な武家の子供に戻り、

「やはり母上に叱られてしまいましたね」

「当ったりめえじゃねえか。そりゃおれだって武門もお役も放《ほ》ったらかして、おめえ

みてえに見たこともねえ国へ行ってみてえぜ。おい、ゆくゆくは二人でよその国へ行くか」

「そんなことをしたら、母上がお嘆きになられます」

「そうでもねえだろ、おれがいなくなったら清々《せいせい》するんじゃねえのか、母上はよ」

「いいえ、母上はああ見えて父上のことはとても大事に考えているのです。父上がいない時などよく自慢をします。剣は中西派《なかにしは》一刀流皆伝《いっとうりゅうかいでん》の腕前で、お役所のなかで父上を打ち負かせる人は一人もおらぬとか。ただ……」

「ただ、なんだ」

「父上は引っ込み思案が過ぎて人を押しのけることが出来ないそうですね。いつも目立たぬようにして、お役所でははっきりものを申さぬとか。そうなのですか」

「う、うむ、まあ、でしゃばるのが好きじゃねえからな。同心の家に生まれたら死ぬまで同心でいなくちゃいけねえ。張り切ったってしょうがねえだろう」

「わたしも跡を継ぐのですね」

「もう少ししたら剣術を教えてやる」

「楽しみにしております」

「よしよし」

「あ、それとひとつ気になることが……」

坊太郎が不審顔になって言いだした。

「なんだ、どうした」

「昨夜遅く、厠《かわや》へ立ちました」

「ふむ、それで」

左内は悪い予感がする。

「そうしたら母上の寝間から父上の声が聞こえたのです」

左内がひそかに狼狽《ろうばい》した。

「つかまらせていただきますと、父上は申されておられました」

「……」

「父上は母上に按摩《あんま》の真似事《まねごと》をしているのですか」

左内の視線が泳ぐ。

「身に覚えがねえなあ。おめえの空耳じゃねえのか」

「はい、確かに。わたしにも自信がありませぬ。父上が按摩になるはずはありませんね」

「そうともよ」

これから房事には気をつけようと、肝《きも》に銘《めい》じる。

「父上、これから人に会いに行くとは本当なのですか」

話題が変わったので、安堵《あんど》し、

「嘘に決まってらあ。息抜きだよ、息抜き」

「そうですか、ではわたしは先に寝ております」

「うむ」

左内が愛《いと》おしい目でうなずいた。

三

左内の息抜きの場所は、行きつけにしている居酒屋のことである。店は『放《はな》れ駒《ごま》』という屋号で、八丁堀亀島町《かめじまちょう》に店を構えるどこにでもある縄暖簾《なわのれん》だ。

田鶴はそういう所はすべて悪所と思っているから、それを知られたくない左内は秘密にしているのだ。

放れ駒の店主はお勝《かつ》という女で、左内の幼馴染《おさななじ》みである。

左内がぶらりと入って来ると客は一人もおらず、書き入れ時なのにがらんとしていた。

お勝はじろりと左内を見るが、愛想笑いのひとつも見せずに知らん顔をしている。色黒の狸《たぬき》のような器量だが、厚い唇にえも言われぬ色気があった。艶黒子《つやぼくろ》まであるのである。

「まったくよう、ほかの店はどこも客でいっぺえだってのにここはどうしたことだ、いつ来ても墓場みてえじゃねえか」

左内がほざく。

「そうさ、墓場だよ。あんたの卒塔婆《そとば》が出来てるよ。俗名になんて書いたらいいんだい。昼行燈の馬面ここに眠るってか」

お勝が負けじと言い返し、けけけと愉快そうに笑った。

「畜生、来るんじゃなかったな」

左内は腐ってこぼし、早く酒を出せと言って床几《しょうぎ》の一つにどっかと座った。

お勝は言葉とは裏腹に、いそいそと料理場へ行って手早く酒の支度を整え、左内の前に盆ごと運んで来た。

「やけに手廻しがいいじゃねえか」

お勝は左内に酌《しゃく》をして、許しも得ずに自分も飲んで、

「当ったり前さね、もう来る頃《ころ》と思って首を長くして待ってたんだ。ははは、まるで

あたしの旦那みたいだよねえ」

「一日千秋《いちじつせんしゅう》ってか」

「はいな」

「おめえみてえな醜女《しこめ》を妾《めかけ》にした覚えはねえぞ」

毒舌を吐いた。

「そこを、なんとか」

お勝がふざけてしなだれかかる。

「気持ちは嬉《うれ》しいがよ、今さらいい仲になるつもりはねえんだ。だから言い寄るなって」

お勝はやんわり左内を突きのけ、

「ふんだ、ふざけなさんな。あたしだって男を選ぶわよ」

「近頃はどうなんだ、身も心も許せる男は出来ねえか」

お勝は若い頃に結婚をしたが、子を生《な》さないまま十年が経《た》って離縁し、三十過ぎでこの店を持ち、それからずっと独り身を通している。

「誰も耕《たがや》してくれないからね、あたしの畑は日照りつづきでからっからに乾いちまったよ」

「このまま婆《ばあ》さんになっちまうんだろうな、あ、もうとっくになってるか」

「あんたの方こそどうなんだい、相変わらず美人妻の尻《しり》に敷かれてるのかい」

「その方が楽ちんだからな」

「まったくもう、情けない男だねえ」

「これも身過ぎ世過ぎよ」

「目のなかに入れても痛くない倅《せがれ》は元気なのかえ」

「あの野郎、今日家出をしやがってよ、参ったぜ」

「連れ戻したんだね」

「当ったりめえよ」

「でも、なんで」

「あいつは時々そうなるんだ。めえにも不意にいなくなったことがあった。すぐに連れ戻したけどあの時より知恵がつきやがってよ、旅の道具がごっそり揃えてあった。いつどうやって揃えたのか、知らねえ間に算段をつけたんだなあ」

「だから、なんで」

「母親の雪女が嫌なんだろう」

「あんたのせいかも知れないじゃないか」

田鶴のことを雪女と表現するのは、左内が親しい人間の皆に言っていた。

「おれのどこが悪いんだ。倅とは心を通じ合わせてるつもりなのによ。一緒におっ母《か》さんの悪口も言い合う見目麗《みめうるわ》しい親子仲なんだ。おれのせいじゃあるめえ」

「まっ、子供を持ったことのないあたしには無縁の話だけどね、うまくおやりよ」

「わかってらあ」

そこへ売り商いの小商人《こあきんど》がひょっこり入って来た。色白でのっぺり顔の男だ。

男は二十半ばの音松《おとまつ》といい、暦売《こよみう》りを生業《なりわい》としている。暦売りは十二月から正月末までの商いで、音松の場合、ほかの時節は紅絵売り、細見《さいけん》売り、番付売り、絵草子《えぞうし》売りなどに転ずる。「来年の大小暦、年暦」という売り声で、暦の束を小行李《こごうり》に入れて売り歩く。

また音松は別の顔も持っており、それは左内の手先を務めていることだ。町々で得た気になる情報を選別し、これはと思う不審な件を左内に伝え、銭稼ぎをしている。

そのことはお勝も知っていた。

「いらっしゃい、音松さん」

お勝が言うのへ、音松は気安く挨拶《あいさつ》し、

「こりゃ旦那、やっぱりここでがんしたか」

「おう、暫《しばら》く面《つら》を拝んでなかったな」

「それでいいんでがすよ、あっし如きがしょっちゅう面を見せたらろくなことがござんせん」

「それじゃろくなことが出来たんだな」

「へえ、まあ」

左内がお勝に言い、音松の酒を頼んで奥の小上がりへ移動した。

「お勝、よかったな、客が増えて。やっと閑古鳥《かんこどり》が鳴き止《や》んだじゃねえか」

「へえへえ、左内ちゃんのお蔭《かげ》だわねえ」

お勝が口をひん曲げて言い返し、二人が小上がりで向き合うと、支度が整ってまずは酒を酌《く》み交《か》わした。お勝は気が利く女だからすぐに引っ込む。

「なんかあったのか」

左内が問うと、音松は声を落として、

「櫓下《やぐらした》に黒紋屋《くろもんや》ってえ女郎屋がござんす」

「知ってるぜ、亭主は五郎十《ごろうじゅう》といういけすかねえ野郎だ。あそこにゃおれの同役二人が出入りして、甘い汁を吸ってるんだ」

「陰じゃ鬼の五郎十とも呼ばれておりやさ」

「それがどうした」

「病気んなって使いものにならなくなった女郎を蔵に閉じ籠《こ》めて、飯をやらねえで飢《う》え死にさせてるとか。それも一人や二人じゃねえみてえなんで。ひでえ話だと思いやせんか」

「鬼の名に恥じねえ所業をしてるんだな」

「そういうこって」

「女郎どもから直《じか》に聞いたのか」

音松がうなずき、

「裏を取りやすかい」

「ちょっくら当たってみらあ」

左内の目が真剣なものに変わっていた。

四

翌日の夜のことである。

深川《ふかがわ》の遊里は七場所あり、そのひとつの櫓下には五軒の女郎屋が軒を連ね、なかでも黒紋屋に威勢があった。

抱えの女郎は七人いて、どれも若くてそこそこの器量よし揃いだから、連日客が押しかけて引きも切らない。

今宵も黒紋屋は大賑《おおにぎ》わいだが、裏庭にある蔵のなかはひっそりとしていた。そこに瘦《や》せこけた若い女郎が病臥《びょうが》しており、薄い煎餅布団《せんべいぶとん》で寒さを怺《こら》え、顔色は死人のように白い。

蔵の扉が軋《きし》んだ音で開き、亭主の五郎十が入って来た。酒に酔っているようで足許《あしもと》が覚束《おぼつか》ない。

五郎十は四十半ばで、その顔つきたるや悪鬼そのものだ。真っ黒に日焼けして目は貪婪《どんらん》に輝き、どう見ても悪の権化《ごんげ》のようである。

「旦那さん、どうか水を、水だけでも飲ませて」

女郎が臥所《ふしど》のなかから拝むようにして言った。

その顔面を五郎十が強《した》かに蹴飛《けと》ばした。顔を蹴るということは、もはや彼女に商品価値がないという意味なのだ。

「まだ生きていやがったのか」

「後生ですから、旦那さん」

「この役立たずが。てめえにくれてやる水も食い物もあるものか。とっととくたばれよ」

絶望と悲嘆で女郎は枕《まくら》に顔を伏せる。

五郎十は残忍な目でその前にしゃがみ、

「てめえの墓穴はもう掘ってあらあ。使いものにならねえ女郎はそうなる運命なんだぜ」

「だったら死なせて、生きていたくない」

「冗談じゃねえ、おめえをぶっ殺したらおれの手が後ろに廻っちまわあ。息をしてんのは後二、三日てえとこだな。てめえを売った親を怨《うら》むがいいぜ」

もう一度女郎の顔や躰《からだ》を踏んづけておき、五郎十は扉口へ向かった。すると外へ出たとたんに妙な顔になった。

裏庭で誰かが土を掘る音がするのだ。

「だ、誰でえ」

血相変えて裏庭へ走った。

人影はないが、大きな樫《かし》の木の下が掘り返されていた。

「くそっ」

五郎十が兇悪《きょうあく》な顔になって見廻した。

木の陰からのっそりと左内が現れた。その手に鍬《くわ》を持っている。

「ひでえ野郎だな、てめえは」

五郎十は同心姿の左内を見て、暑くもないのに大汗が噴き出し、言葉を失った。樫の木の根元には具合の悪いものが埋まっているのだ。それを掘り出されたと思った。

五郎十は辛《かろ》うじて、ひりついた喉《のど》の奥からかすれた声を搾《しぼ》り出す。

「どちらの旦那か知りやせんが、お見逃し願えやせんか。金で納得して下せえよ。百ならすぐに出しやさ」

「百文か」

「とんでもねえ、百両でがす」

「手を打つとするか」

五郎十はきらっとなり、

「願ってもねえや、それでなかったことにして下せえやし」

「よかろう。人に見られるとまずいからよ、ここへ金を持って来な。若えの連れて来たら承知しねえぞ」

「わ、わかってやさ」

五郎十が見世《みせ》の方へ急いで去り、左内は再び暗がりに身をひそめた。さして待つ間もなく五郎十は戻って来たが、左内の姿がないので辺りを見廻して声を掛けた。

「旦那、持ってきやしたぜ」

ふところから布に包んだ切餅《きりもち》を取り出し、掲げて見せた。ところがしんとして応答はなく、訝《いぶか》った五郎十が恐る恐る木の根元に近づくと、髑髏《どくろ》が三つ、土の上に並べて置いてあった。

「うっ」

慄然《りつぜん》と、声にならない声が五郎十の口を突いて出た。

その背後に、左内が幽鬼《ゆうき》のように立った。

「この極悪亭主、飢え死にさせたな三人か。その娘たちが死ぬのを待ってここに埋めたんだな」

「旦那、勘弁して下せえよ。仕方なかったんでがすよ」

「仕方ねえだと？」

「あ、いえ、その……女郎を買い取るにゃ金がかかってるんだ。それが稼がなくなったらこっちが干上がっちまうじゃねえですか」

「ふざけたことぬかすな、おめえは人の皮を被《かぶ》った獣《けだもの》だな。いや、それ以下の草履虫《わらじむし》だ」

「待って下せえ、あっしはどんな罪になるんで。女郎を手に掛けちゃいねえんでがすぜ」

「飢え死にがどんなにつれえかわかるか。いっそ殺してくれた方がいいと、三人の女郎たちは思ったはずだ」

五郎十はぱっと左内から離れ、

「四の五のうるせえ野郎だな、したり顔でぬかすんじゃねえ。何様のつもりなんだ」

金包みを放り出し、背なに差した匕首《あいくち》を抜き放った。

左内は動ぜず、すっと腰を落として身構えた。

「このくそ野郎」

五郎十が匕首を腰だめにして突進した。

左内は抜く手も見せずに抜刀し、五郎十を袈裟《けさ》斬りにする。返す刀で横胴を払った。

束《つか》の間《ま》の出来事だ。

「ぐわっ」

仁王《におう》立《だ》ちして信じられぬ目で左内を睨み、五郎十はどさっと前に倒れ伏し、そのまま動かなくなった。

百両包みの埃《ほこり》を払ってしっかりふところに収め、左内は静かにその場から離れると

蔵へ向かい、外からなかの様子を窺《うかが》って、

「今町内のもんが助けに来るからな、もう少しの辛抱《しんぼう》だぞ」

蔵のなかで声が漏れ、ざわざわと動く気配がした。

それを耳にしておき、左内は安堵して立ち去った。

五

奉行所の雪隠《せっちん》は何人もが同時に用を足せるようになっていて、大便所の前に『朝顔』がずらっと並んでいた。朝顔とは小便用の金隠しのことを言う。

朝顔の前に並び立ち、田鎖猪之助《たぐさりいのすけ》と弓削金吾《ゆげきんご》が連れしょんをしていた。二人は左内の同役の定廻り同心で、共に三十代後半だ。余人の姿はない。

「おい、聞いたか。昨夜、黒紋屋の五郎十が何者かに斬り殺されたぞ」

田鎖が小声で言えば、弓削もうなずき、

「おれも今朝知って驚いている。いったい誰が五郎十を手に掛けた。下手人の見当はつくか」

「奴はあっちこっちで怨みを買っていた。阿漕《あこぎ》が過ぎたのだ。誰にやられたとて不思議はないわ。黒紋屋の裏庭から骸骨《がいこつ》が三つ見つかったというから、噂《うわさ》を掻《か》き集めると病気の女郎だったようだ。とむらいを省いて奴はそういう人でなしをしていたのだ。蔵のなかに女郎が一人閉じ籠められていたが、町役によって救出され、今は医者の手当てを受けているという。大事ないそうだ」

「詮議《せんぎ》はどうする」

「一応は殺しゆえやらねばなるまい。しかしおざなりでいいだろう。五郎十が死んで悲しむ輩《やから》はおらんのだ」

「わしは悲しんでいるぞ」

田鎖が卑屈《ひくつ》に笑って、

「おれもおなじよ。これで袖《そで》の下《した》がひとつなくなったのだからな」

「この際だ、詮議はほかの奴に任せたらどうだ。たとえば布引殿辺りが適任だと思うが。手柄のひとつも立てたことのない御仁《ごじん》だ。喜んでやるのではないかな。どうせ暇だろう」

「うむ、あの人ならうってつけだ。何せ誰もが認める昼行燈だからな、下手人がわからぬまま通り一遍の詮議で終わるだろう」

「それでよい、それでよい」

二人がくっと忍びやかに笑った。

そこへ小者《こもの》が小走って来て、告げた。

「巨勢《こせ》様がお呼びでございます。皆様お集まりで」

巨勢とは吟味方与力《ぎんみがたよりき》巨勢掃部介《かもんのすけ》のことだ。

田鎖が「わかった」と言い、小者が去って行き、二人は前をしまって行きかけた。

すると大便所の木の扉が軋んだ音で開き、なかから左内が出て来た。

二人がぎょっとして見やると、左内は愛想笑いで、

「お早うござる。今日も冬晴れのよい天気ですなぁ」

にこやかに手水場《ちょうずば》の方へ行き、手を洗いだした。

二人は鼻白《はなじろ》んで見交わし、「巨勢殿がお呼びですぞ」と弓削が言うと、左内が「はっ、聞こえておりました」と答えて立ち去った。

「なんだ、あの人は。聞いていたのか」

弓削が不快そうに言うと、田鎖は失笑で、

「聞かれたとて構わんさ。能なしのあんな人に文句を言われる筋合はない」

六

与力詰所に左内、田鎖、弓削ら、六人の定廻り同心が集まった。

上座にいるのは、老齢の吟味方与力巨勢掃部介である。

巨勢はおもむろに咳《しわぶ》きひとつすると、

「今頃になってと思うやも知れぬが、去年の春に起こったある事件の詳細が明かされ、当方に差し廻されてきた」

全員が何やら重大な事件でも明かされるのかと思い、座に静かなざわめきが起こった。

「去年三月に江戸城御金蔵《ごきんぞう》が破られた」

衝撃が走り、今度はどよめきだ。それがなかなか止まらない。

「静まれい、話は最後まで聞け」

一同が静まり、固唾《かたず》を呑《の》んで巨勢の次の言葉を待った。

巨勢がつづける。

「蓮池《はすいけ》御金蔵より奪われし金子《きんす》は三千両、下手人の名も判明している。それまでは一切が伏せられ、御目付方《おめつけかた》の手によって隠密裡《おんみつり》に探索がなされていた」

左内は暢気顔《のんきがお》を造り、あさっての方を見ながら聞いている。

「ところがいつまで経っても埒《らち》が明かず、業を煮やしたのか、詮議の手を広げることになったようだ、と申さば聞こえはよいが、要するにお手上げということであろう。

それも一年も経って町方に押しつけてきおって、目付方の恥知らずめが」

巨勢は快哉《かいさい》を叫ぶかのような皮肉な笑みを浮かべ、

「そんなことなら最初からこっちへ頼めばよかったものを。ふん、まさに噴飯《ふんぱん》ものであるな。餅は餅屋なのだ。当方がやっていたなら今頃は下手人は捕まり、三千両も戻っていたやも知れぬわ」

目付方への日頃の鬱憤《うっぷん》を口にした。

田鎖が意気込み、身を乗り出して、

「巨勢殿、下手人の名をお聞かせ下され」

「長年われらも追っていた大鴉《おおがらす》の弥蔵《やぞう》だ」

その名を聞いたとたん、騒ぎが起こった。

「大鴉の名、墨痕《ぼっこん》鮮やかに書き記され、御金蔵の扉に貼《は》りつけてあったそうな」

同心たちが口々に吼《ほ》え立てる。

「くそっ、大鴉一味め、大それたことを仕出かしたものだな。神をも怖れぬ不届《ふとど》き者《もの》だ」

「大鴉の弥蔵ならあと一歩というところで逃げられ、煮え湯を呑まされたことがあるぞ」

「南北両町奉行所、共におなじ思いだ」

左内も同役たちに話を合わせ、

「それにしても驚きですなあ、どのようにしてお城のなかへ入れたのでしょうか。お堀を渡るのさえひと苦労と思われますが」

同役たちは一斉に侮蔑《ぶべつ》の目を向け、

「布引殿、そんなことは覚悟の上のことですよ。彼奴《きやつ》らとて命懸けでやったはずでござろう」

田鎖が言えば、弓削も小馬鹿にして、

「布引殿が案ずることはござるまいて。貴殿は町内の腰巻泥でも追っていればよろしい」

「はっ、確かに腰巻泥も見過ごしには出来ませんな」

間の抜けた左内の応答に、失笑が漏れる。

巨勢が皆を手で制し、

「わしとて一味には、怒りの持って行き場のない思いを抱いておるわ。ご府内で跳《ちょう》梁跋扈《りょうばっこ》を始めたのが五年前のことだ。その間に商家へ十七件の押込みを働き、千両近い金を奪っている。この二年間は鳴りをひそめていたはずが、よもや御金蔵破りをやらかしおったとは。わしも驚天動地《きょうてんどうち》の思いよ。ここはなんとしてでも一味をひっ捕え、目付方の鼻を明かしてやらねばならぬ。皆の者、心して掛かるがよい」

五人が口々に賛同し、やがて騒然と席を立って行った。

左内も立ちかけるところへ、巨勢が声を掛けた。

「待て、左内」

「なんでございましょう」

左内が向き直って座す。

「伜が寺入りするらしいではないか」

急に平和な話題になった。

「は、左様で。うかうかしておりましたら早いもので、伜ももうそんな歳《とし》に相なりました」

巨勢はうなずいて表情を和ませる。

同役たちのあらかたは左内を見くびっているが、上役である巨勢だけはなぜかいつも温かく接してくれる。左内の飄々《ひょうひょう》とした人柄が気に入っているようだ。

「寺入りの心得はわかっておるのか」

「あ、いいえ、初めてのことですので、ご伝授願えますかな。確か巨勢殿にはお孫殿がおられましたな」

巨勢の孫は十歳になり、さらに寺子屋の高等科へ進んでいた。巨勢が寺子屋のしきたりやその他についての説明を始めた。左内は熱心に聞き入る。

この国は古くから学問が盛んで、幕府の昌平黌《しょうへいこう》や諸藩の藩校は公立だが、私立校として寺子屋があった。室町《むろまち》時代より桃山《ももやま》にかけ、戦乱のなかにも寺子屋は次第に発達してきたが、学校らしくなったのはなんといっても江戸時代からである。好学将軍綱《つな》吉《よし》が官学を興し、次いで法律将軍吉宗《よしむね》が庶民が暮らす上での掟《おきて》を知らしめるため、寺子屋を保護奨励《しょうれい》した。以来、都市、農村に急速に普及し、一町一村に寺子屋のない所はないまでになった。

入門は七、八歳で、まずやることはいろは四十八文字の稽古である。さらに学は進み、一二三の数字を習い、名頭字《ながしらじ》・苗字《みょうじ》尽くし、江戸方角、請取《うけとり》文、送り文、文の書き方、商売往来、消息往来、証文、店請状《たなうけじょう》、庭訓往来《ていきんおうらい》、千字《せんじ》文《もん》にと及ぶ。師匠の人種は様々で、初めは僧、神官が教鞭《きょうべん》を取っていたが、教科の複雑化にしたがって、幕臣、藩臣、浪人、書家、町内の隠居にまで広がり、それでも手が足りずに女師匠《おんなししょう》が進出してくるようになった。元御殿《ごてん》勤めの婦人から、今では御家人くずれの女子も珍しくない。

　校舎というものは特になく、寺社や各自の私邸、浪人なら自分の長屋を使った。一つの寺子屋での生徒数は多くて百人、五十人、少なくて二、三人の小規模な所もあり、まちまちである。

「子を持つ親として、お主もしっかりせねばならんな」

　巨勢に言われ、左内は頭を下げる。

「恐縮にござる」

「ところで奥方は息災か」

「はあ、田鶴のことでござるか。毎日旗本家へ出掛け、琴の稽古に余念がございませぬ」

「お主も大変な嫁を貰ったものよのう。世評ではお主は尻に敷かれていると漏れ聞くぞ」

「ははは、お耳を汚しましたか。しかしその方が家のなかがうまくいくような気が致しますので」

「これ、わしのことを言っているのか」

「はっ？　あ、いえいえ、滅相《めっそう》もござらん。巨勢殿の所は鬼婆《おにばば》ではございますまい」

「鬼婆なのか、お主の所は」

「はい、もうほとほと手を焼いております」

「よいか、左内、たかが嫁、されど嫁と申すぞ。おなごとのつき合いに手を抜いてはならんのだ」

「肝に銘じます」

そつなく対応しておき、そこで左内は辺りを憚《はばか》りながら、

「巨勢殿、ひとつお願いの儀が」

「申せ」

「大鴉一味の詮議に当たった目付方のどなたかを、みどもにお引き合わせ願えませぬか」

「会って詮議の次第を聞きたいのだな」

「御意《ぎょい》」

「相わかった。一両日に手を廻そう」

「よしなに。では御免」

巨勢の前を辞し、左内は廊下を歩みながら些《いささ》か自戒していた。

（許せ、田鶴殿、鬼婆は言い過ぎであった。決してそうは思うておらんからな）

七

左内はその足で役所内の北向きにある書庫部屋へ赴《おもむ》き、調べものを始めた。
見習い同心の数人が書庫番をしており、だだっ広く黴臭《かびくさ》い室内は閑散としている。幾つもの書棚が整列し、膨大《ぼうだい》な数の調書《しらべが》き、犯科録《はんかろく》がきちんと並べられて壮観だ。そこにあるのは人殺し、盗み、博奕《ばくち》、不義密通《ふぎみつつう》、騙《かた》り、拐《かどわか》し等々と、広汎《こうはん》だ。そのなかに盗《ぬす》っ人《と》の犯科録を綴《つづ》った『盗賊類人別帳』というものがあった。年代順に分けられた何冊ものその台帳のなかから、左内は大鴉一味が押込みを始めた五年前に遡《さかのぼ》り、調べていく。

彼らの暗躍はむろん知っていたが、左内としては捕物に呼ばれたり、加わったことなどは一切ないので知識がなく、初見である。どんな事件であれ、左内に声が掛けられることはまずないのである。

初めの犯科は文化《ぶんか》五年（一八〇八）七月五日で、一味は本銀町《ほんしろがねちょう》の線香問屋醒井屋《さめいや》市兵衛《いちべえ》宅に押込み、金三百両余を奪っていた。その年は立て続けに五件の押込みを働いている。

翌年も、その次の年も休むことなく、大店ばかりを狙《ねら》って一味は犯科を重ね、三年間で十七件、奪った金子は九百五十両であった。

一味の頭数は十人余で、頭目の弥蔵の顔を見た者は役人側には一人もいない。それが翌年からぱたっと犯科は止み、天に昇ったか地に潜《もぐ》ったか、消息を絶っていた。

ところが去年、大胆不敵にも江戸城御金蔵を破ったのだ。鳴りをひそめていた二年間は、一世一代の大仕事の準備をしていたのだ。

そこで左内はあることに気づいた。

一味は押込みを重ねて行く先で、乱暴は働いても誰一人疵《きず》つけていないということである。無血で大金を奪ったのだから、頭目弥蔵という男の美学を見る思いがした。

他に手掛かりはまったくなく、有力な情報は記載されていない。

弥蔵という男の係累も記されてなく、また情婦でもいればしめたものだが、とっかかりになるような人間関係は皆無なのである。

左内は手柄は人に譲ることにしていて、捕物の先頭に立つつもりはさらさらないが、

（大鴉の弥蔵、会ってみてえもんだな）

強い興味を惹《ひ》かれた。

主立って一味を追っていた北町の係役人を改めて見ていくと、定廻りの田鎖猪之助、弓削金吾らと三人、それに臨時廻り、隠密廻《おんみつまわ》りらの八人に混ざって、『非常取締掛同

心曲《まがり》淵《ぶち》三《みつ》右衛門《えもん》』の名があった。

（非常取締掛がなぜ……）

腑《ふ》に落ちない。

捕物の尖兵《せんぺい》はなんといっても定廻り、臨時廻り、隠密廻りの外役三役で、大捕物でもあって人手が足りない時に限り、他の係の同心は出役《しゅつやく》を余儀なくされる。しかしそれはあくまで手伝いという体裁であり、彼らは尋常な町場の探索に手は出さないものだ。

非常取締掛は与力八人、同心十六人の定員で、非常事件の取締りに関する事務を司《つかさど》る、ということになっている。

事務方がなぜ、という左内の疑念は当然であった。

その疑念はやがて払拭《ふっしょく》された。

非常取締掛の同心部屋に曲淵三右衛門を訪ね、左内が率直に大鴉一味のことを問うと、曲淵が有体《ありてい》に説明してくれた。

おなじ役所だから曲淵の顔は見知っていても、これまで接点はなく、さして会話を交わすこともなかった。

曲淵は左内によく似た昼行燈風の初老で、まるで覇気《はき》のない男だが、こちらの方は本物のそれのようだ。

「それは布引殿、まったくの偶然でそうなったのじゃよ。あれは二年前の秋口であった」

あくびを嚙《か》み殺しながら曲淵は言う。

二年前といえば、一味が鳴りをひそめ始めた頃だ。

曲淵が語る。

「本町《ほんちょう》三丁目河岸の雲母橋《きらずばし》の屋台で一杯ひっかけておったら、見知らぬ二人の職人風が横並びの別の屋台で飲んでいた」

「ははあ、あの辺りには今でも屋台が五、六軒出ておりますな、日が暮れると仕事帰りの男どもで賑わいます。みどもも以前に立ち寄ったことがありますよ」

曲淵が「左様」と言ってうなずき、

「やがて二人の話し声が、聞くとはなしに耳に入ってきた。その言葉のなかに『大鴉のお頭が』と言っているのが聞こえ、わしゃびっくり仰天した。大鴉と申せば、市中を騒がせているあの大鴉しかおるまい。わしは事務方で捕物などにはとんと縁がないが、これでも北町の役人であることに違いはないからの、大いに血が騒いだわ。何も聞こえぬふりをしてその場にじっとしていたら、やがて男二人は銭を払って立ち去った。わしも急いで後を追ったよ」

「気づかれなかったのですな」

「事務方とはいえ、これでも北町の役人なのだ」

曲淵はまたおなじことを言い、

「二人を尾行し、奴らが堀江町《ほりえちょう》一丁目の十六夜《いざよい》長屋という裏長屋へ入って行くのを見届けた。油障子《あぶらしょうじ》に鋳掛屋《いかけや》の絵印が描かれてあったが、そんなものはまやかしに決まっておる。その家が大鴉一味の片割れの隠れ家であることは間違いないんじゃ。しかして深追いして危ない目には遭《あ》いたくないからの、取って返して自身番へ駆け込み、町役人を走らせて市中見廻りの同心方を呼び集めて貰った」

「忙しい夜でございましたな」

曲淵がうなずき、

「小者も含めてあっという間に十人ほどが集まり、わしが道先案内役を務めて十六夜長屋へ向かった。あの時の胸の高鳴りは今でも覚えている。長い同心生活のなかであんなに張り詰めた思いをしたことはなかったのう」

「それで、どうなりましたか」

するると曲淵はみるみる落胆《らくたん》の色となり、

「われらが踏み込んだら家のなかは空っぽであった。勘づかれたんじゃな。家財道具はそのままだったが、素性《すじよう》の知れるようなものや手掛かりなどは一切合財《いっさいがっさい》持ち去られていた。用心深い奴らじゃよ。鋳掛屋として長屋に住み着いておったのは伊三次《いさじ》という男で、もう一人は仲間なのであろう。伊三次は周りにうまいこと溶け込んでおったようだが、すべて偽りだったのだ。一味二人を取り逃がしたものの、わしは手下どもの顔を見知っている唯一の証人ということになり、犯科録にも名が記されることになった。つまりはそういうことだったのじゃよ、布引殿」

「二人の顔は今でも憶《おぼ》えておりますかな」

「忘れようとて忘れられぬわ。伊三次は三十過ぎと思われ、もう一人は若造であった。どちらもこれといった特徴のない尋常な者どもで、あれでは誰が見ても盗っ人とはわかるまい。以来、事あるごとに呼び出されては怪しき奴の首実検《くびじっけん》に立ち会わされておるよ。しかし二度とわしの前に姿は見せておらんの」

「そうですか、お忙しいところをお手間を取らせました」

左内は一礼して退出した。

腹づもりとして、音松に十六夜長屋を調べさせようと思っていた。

八

日暮れ間近に八丁堀の組屋敷へ帰って来ると、母屋から珍しく女同士の笑い声が聞こえた。

左内は面食らった。田鶴が女客を招き入れることなど滅多にないからだ。

玄関から式台へ上がると、話し声が手に取るようにわかり、「坊太郎君《ぎみ》なら物怖《ものお》じしないようですからご心配には」と言う聞き覚えのない女の声がした。察するに寺子屋の女師匠のようだ。果たして沓脱《くつぬ》ぎには見馴れぬ女物の草履《ぞうり》が、きちんと揃えて脱いであった。

妻や伜の手前、ちゃんとした父親ぶりを見せねばならぬから、左内は手にぺっぺっと唾《つば》を吐いて髷《まげ》を撫《な》でつけ、よそ行きの顔になって客間へ入って行った。

田鶴と坊太郎を前にして、案の定、寺子屋の女師匠が座していた。

女は地味な小袖姿ながら如何《いか》にもの才色兼備ぶりで、三十前と覚しきその顔を見て、左内は久しぶりに胸の高鳴るのを覚えた。

「只今《ただいま》戻りました」

左内が言うと、田鶴は明るい表情を見せ、

「旦那様、こちらは浜路《はまじ》殿と申され、坊太郎の寺子屋のお師匠なのですよ。明日からの寺入りを前に一軒一軒挨拶廻りをなされているのです」

浜路という名からもわかるように、彼女は武家なのだ。

「左様か」

左内は浜路の前に着座し、

「布引左内と申す。北の御番所で定廻りを務めおり申す」

やや硬くなって言い、顔を上げると浜路と目が合い、左内はまたときめいた。

浜路は雪女の田鶴とは違って、温かでふくよかな女らしさを感じさせ、申し分のない女である。

坊太郎は左内と視線を交わすと、にこっと意味のない笑みを浮かべた。その反応で左内は伜の胸中がわかった。浜路が気に入ったのだ。

「詮索《せんさく》するつもりはござらぬが、浜路殿のご実家は」

左内に問われると、浜路はやや恥じらいを見せながら素直に答える。

「わたくしは御家人の娘でございましたが、今はふた親ともすでにこの世になく、独り身を通しております」

「ではお住まいの方は」

「坂本町《さかもとちょう》二丁目の酸漿《ほおずき》長屋にございます」

そこなら八丁堀の北だから遠くはない。

「旦那様、初めての御方《おかた》にそうずけずけと立ち入ったことをお尋ねしてはいけませぬよ」

田鶴にたしなめられ、左内は頭を掻いて、

「あっ、そうでしたな、これは失礼。役目柄つい悪い癖が。お気を悪くなさらぬように」

「お気遣いは無用に存じまする」

左内は少し気持ちがやわらいで、

「ははは、伜もあなたのような師匠なら寺子屋が楽しくなりましょうぞ。そうだな、坊太郎」

坊太郎は答えず、はにかんでいる。

それから少し雑談をした後、浜路は帰って行った。田鶴が送って行く。

「坊太郎、よかったな、なかなかいい師匠のようじゃねえか」

「でも秘密があるような……」

「どんな」

「さっき母上が結婚のことを聞いたら、その時だけ下を向いたんだ。あれはきっと何かあるよ。悪い男にいじめられたとか、ひどい目に遭ったとかさ」

「よしやがれ、この野郎。そんな勘繰《かんぐ》りは子供らしくねえだろ。あれは立派な人だ。おめえもそう思え」

「うん」

そこへ田鶴が戻って来た。

左内と坊太郎はすばやく取り繕う。

「旦那様、坊太郎の師匠が佳《よ》き人でようございましたわ」

「そのようですな」

「今度うちで夕餉でも如何《いかが》ですかとお誘いしたのですよ」

「はあ、そうしたら？」

「快く承諾して下さいましたのよ。実家はうちとおなじ御家人と聞きましたが、あの方はよい躾《しつけ》をされて育ったのですね、きっとそうですよ」

田鶴の声は弾んでいる。やはり浜路が気に入ったようだ。

「わたしもそう思いましたよ」

左内が話を合わせた。

九

御目付配下の徒目付殿岡敬四郎《かちめつけとのおかけいしろう》とは、北町の小部屋でひっそりと会うことになった。左内の求めに応じ、吟味方与力巨勢掃部介が引き合わせたものだ。他の同心の手前、目立たぬその小部屋になった。

徒目付は定員八十人で、目付の手足となって旗本、御家人らの非違《ひい》の糾明《きゅうめい》に奔走《ほんそう》する小吏だが、組頭で二百俵、平で百俵取りである。

禄高《ろくだか》は左内より上で、五十近いと思われる殿岡は威張り体質なのか、無愛想で気難しそうな男であった。

巨勢はすぐに下がり、左内と殿岡の二人だけになった。

「こたびはなんともそのう、目付方としては忸怩《じくじ》たる思いがあっての、町方に大鴉の件を委《ゆだ》ねるは誠にもって遺憾《いかん》なのだ」

殿岡がぶっきら棒に言う。

左内は場を和ませようと、笑みを湛《たた》えながら、

「斟酌《しんしゃく》はご無用に願いましょう。こっちも降って湧《わ》いたような話に面食らっておりましてな、しかし下命《かめい》を受けたからには下手人を捕えねばなりませぬ」

「よかろう、細大漏らさず語ろう、と言うべきところであろうが、あまり気が進まんのう」

「町方に胸襟《きょうきん》を開けませせぬかな」

「わしらが探索にどれだけ苦労したか、それなりの積み重ねはあるも、あっさり引き渡すのが不本意なのじゃ」

殿岡の言い分は、左内を困らせてやろうとしているとしか思えなかった。しかし腹に含まずに包み隠さず気持ちを述べるところは、存外に正直な男のようにも見えた。

「そこをなんとか譲歩して頂きたい」

左内が手を突いて頭を下げた。

「うむ……」

「当方の与力殿は、そちらの組頭殿に話の筋は通しているはずでござるが」

「聞いている、だからわしがこうして参ったのだ」

「では、是非ともお聞かせを」

殿岡は黙り込む。

「まずはですな、御金蔵破りのあった当夜のことから事細かにお聞かせ願いましょうか」

「……」

「殿岡殿、如何に」

詰め寄った。

殿岡が渋々重い口を開く。

江戸城内蓮池御門には御金蔵が四棟建ち並び、お金奉行《かねぶぎよう》配下の同心数十人が昼夜を分かたず、常時ものものしく警護している。四棟には年に二百万両（約二千億円）もの金銀が出し入れされているという。

それが去年の三月十日の夜、誰も気づかぬうちに一棟が破られ、三千両が盗まれたのである。開け放たれた扉には『大鴉』と書かれた紙片が、これ見よがしに貼ってあった。

殿岡は語る。

「城内は上を下への大騒ぎとなり、お金奉行配下はむろんのこと、お先手組《さきてぐみ》の連中も駆けつけて非常線が張られた。われら目付方が馳《は》せ参じた時には後手《ごて》に廻され、地団駄《じだんだ》踏んだものよ。誰しもが下手人追捕《ついぶ》に目の色を変えたわ。したが何日か経つうち、一切の探索は目付方が仕切ることになった。お先手頭と筆頭目付小笠原靭負《おがさわらゆきえ》殿が密議を持ち、われらが下手人捕縛《ほばく》の権限を勝ち取った。ふん、今にして思えばつまらぬ功名争いだがな、皆が面目を賭《と》して狂奔《きょうほん》したのだ。ところが……」

「どうしました」

「探索にさしたる手掛かりが得られず、光明が見出《みいだ》せなくなった時、またしても先手組が乗り出してきて権限を奪った。一時は争いにもなったが、われら目付方の敗北は目に見えていた。それでやむなく退き、先手組が一手に権限を握ることになった。それは今もつづいているはずだ」

左内は口を差し挟まずに聞いている。

「しかしわれらとしては、とてもそのままでは気が済まぬ。そこで小笠原殿が町奉行殿に頭を下げ、話を持って行ったのだ。こちらの願いとしては、先手組の鼻を明かしてやりたいものよと、それに尽きるぞ」

「しかしよくぞ秘密を守りきりましたな。事件は今日初めて聞かされ、驚きました」

「当初より箝口令《かんこうれい》が布《し》かれ、門外不出の件として蓋《ふた》をされてきたがゆえであろう。したが町方の手に委ねるとなると、あちこちからこの不祥事《ふしょうじ》は漏れるだろうな。それは防ぎようもない」

「いえ、決して漏らしませんぞ。信じて頂きたい」

「お主はそうでも、ほかの連中の口に戸は立てられまいて」

「まあ、それは如何《いかん》ともし難いですな」

そこで左内が疑念を口にして、

「御金蔵破りに関してなんの痕跡《こんせき》も残さずとありますが、そんなことがあり得ますかな。破られた蔵の扉はどうなっておりました」

「錠前は壊されたわけではなく、鍵《かぎ》を使って開けたものと思われる」

「その鍵はどうしたのでしょう」

「鍵の紛失はなかった。御金蔵役所の鍵はまったく無事だったのだ」

「では合鍵があったということですか」

「そうとしか考えられん。一味は蔵へ押入るや、そのまま三つの金箱を担いで消え去っている」

「大鴉一味は十人余ということですから、金箱三つを担ぐのはいとた易いはずです。それでもって誰にも気づかれず、また警護の者も疵《きず》つけられることはなかった。あまりにも鮮やかですな」

「そうだ。まるで幽霊の仕業《しわざ》のようだと皆で話し合ったものよ」

「なるほど」

そこで左内はじっと真顔を据えて、

「殿岡殿、お城の内部に手引き役がいるとは考えられませんか」

すると殿岡は顔色を変えて、

「これ、それを口に致すな。手引き役の存在は当初より囁《ささや》かれていたが、小笠原殿がそっちへ目を向けるなと申され、口封じをされたのだ。もしそれが事実なら大変なことになるぞ」

「どうなりましょうが、下手人は炙《あぶ》り出さねばなりますまい。なぜ口封じを。どうにも解《げ》せませんなあ」

「よい、もうそこに触れるでない」

殿岡は不快に口を歪《ゆが》める。

やむなく左内は鉾《ほこ》を納め、

「で、扉に大鴉の名を記した紙が貼ってあったと」

「うむ、その通りだ」

「しかしこれまで一味はそんなことは一度もしておりません。ほとんどが商家でしたからその必要もなかったのでしょうが、そこのところがひっかかります」

「あえてそうしたのであろう。江戸城御金蔵を破るは上《かみ》への挑戦なのだ」

「はあ、確かに」

左内が考え込む。

「どうかな、町方役人として勝算はあるか」

「それは、まだなんとも」

「布引殿とやら、是非とも頼む。町方で下手人を捕えるのだ。先手組に引けを取らんでくれよ」

「わかりました。あっ、ひとつだけ」

「なんだ」

「先手組のお頭の名を」

「お先手鉄砲頭蜷川将監《にながわしょうげん》殿だ。千五百石取りのご大身《たいしん》よ」

反撥《はんぱつ》を露《あらわ》にして、殿岡は言った。

十

浜路の営む寺子屋は、彼女の住まいである坂本町二丁目の酸漿長屋が教室だから、何十人もの子供は受持てない。

酸漿長屋は路地を挟んで二棟が向かい合っていて、一棟に三軒、もう一棟には五軒が並んでいる。

一般的な長屋は間口二間、奥行三間が多いが、酸漿長屋も五軒は一般的で、三軒の方は店賃の高い格上のものとなり、浜路の家がそれである。

浜路の家は二階建で、一階に八帖《じょう》間、竈《へっつい》、土間、二階は六帖間と物干台付きとなっている。

何もしないで女一人で暮らすには充分であろうが、それが寺子屋となれば手狭で、今期の受持ちは坊太郎を含めて六人と定めた。

また一般的な寺子屋は町人の子が多く、男女共に机を並べてというのがふつうだが、浜路は武家の男の子ばかりを寺子として集め、女子とは分け隔てた。

武家の子のみといっても、八丁堀という地域柄、同心の子弟がほとんどだ。

そこが町人嫌いの田鶴が気に入ったところかも知れない。町人階級は野卑《やひ》で下品であると、田鶴は思い込んでいる節があるからだ。

初日に坊太郎は書道具を背負い、手に草紙を提《さ》げて勇んで出掛けて行った。寺子屋は机は貸すが、筆や草紙は各自持参となっており、浜路の所も世間に倣《なら》っている。

寺子の一日の日程は、朝六つ半（七時）から正午まで学習し、一旦《いったん》昼飯に帰宅し、午後にまた出掛け、八つ（午後二時）頃まで学ぶのが決まりだ。

その日は田鶴は箏曲の稽古が外せず、前夜から左内に坊太郎の寺子ぶりを見ておくように言われた。

泣く子と田鶴には勝てないから、左内はお役はさておき、言われた通りに酸漿長屋へやって来た。

自分一人だったらどうしよう、暇な父親と思われはしないかと渋々来てみたのだが、教室の家の前に五人の父兄や縁者が鈴なりでなかの様子を窺っているのを見て、吹き出しそうになり、安心もした。

父親は三人いて、いずれも南北両町奉行所の顔見知りばかりだった。事務方が多い。奥方たちも知らない者はなく、左内は彼らと和やかに挨拶を交わし、談笑した。

小窓の障子から覗くと、六人の寺子が真剣な眼差《まなざ》しで机に向かい、習字をしている姿が見えた。いろはを書き初めているのだ。坊太郎の横には杉崎数馬が、幼馴染みだけにぴったり並んでいる。

彼らの前に座した浜路がやさしくそれを見守っていて、時に手ほどきをしている。その姿が美しく、左内はあらぬ妄想《もうそう》に駆られた。

（どこもかしこも申し分ねえが、いってえどういう女なんだ。家を潰したんなら御家人株を売ったことになるが、この先どうするつもりなのかな。寂しかねえかな、女一人で）

浮気をしたことはないが、浜路ならいいと思う気持ちがなきにしもあらずだ。しかし世間体や後先をいろいろ考えると、とても実行出来るとは思えなかった。寺子屋の女師匠と理無《わりな》い仲になったら、お役も家庭も破綻《はたん》をきたすことは目に見えていた。そんなことになったら田鶴が許すはずもなく、坊太郎からも嫌われるに違いない。割に合わないことはしないのが、左内の主義だった。

やがて父親たちは役所へ行き、奥方や縁者らも三々五々散って行った。路地には左内だけになり、手持ち無沙汰《ぶさた》にそこいらをぶらついていると、五軒並んだ家の一軒から職人風の男が出て来た。砥石《といし》を持っていて、男は左内を見て驚いたような顔をしたが、ぎこちなく会釈《えしやく》しておき、井戸端にしゃがんで砥石を井戸水で洗い始めた。

左内が寄って行って話しかける。

「居職《いしよく》だな」

男は役人姿の左内にやや萎縮《いしゆく》し、腰を低くして、

「へえ、飾り職でござんして、名めえは妻八《つまはち》と申しやす」

よく見ると妻八は三十ほどと思え、苦み走った顔つきをしている。月代《さかやき》はきれいに剃《そ》っているが、伸ばした方が似合いそうだ。

「おれぁ北町の布引ってもんだ。今日は子供が浜路殿の所に入門したんで見に来たのよ」

「さいで」

「浜路殿とは親しいか」

「いえ、特には」

「どんな人かな」

「何がおかしい」

妻八はふっと苦笑した。

「浜路さんが何かやらかしたんですかい。そうじゃねえと思いやすが。そうやって詮索するな稼業柄なんでしょうが、あまり感心しやせんねえ」

的を射たことを言われた。

左内はぽんと額を叩いて、

「おっ、こいつぁ一本取られたぜ。おめえの言う通りだ。すぐ詮索するなおれの悪い癖だった。すまねえ」

「とんでもねえ。小癪《こしゃく》なことを申しやして」

砥石を洗い終え、妻八はそれを手に、一礼して家のなかへ引っ込んだ。

（飾り職の妻八かあ……）

裏の顔を持っている左内には、人に言えない独特の獣の勘が具《そな》わっていた。誰が見ても妻八は素《す》っ堅気《かたぎ》だが、左内に言わせれば違うのである。

（ありゃなんか背負ってるぜ、秘密がある野郎に違えねえ）

しかしそれがなんなのか、現時点では皆目見当もつかない。気になるのはおなじ長屋に住む浜路と妻八の関係だが、すぐに結びつけるのはちと早計かと思われた。

この時の左内は、浜路を守ってやらねばという純な気持ちだったが、事態はそうも言っていられない方向へ進んでゆくのである。

第二章　知恵袋《ちえぶくろ》

一

本銀町の線香問屋醒井屋《さめい》市兵衛《いちべえ》は三代目に当たり、店の創業は宝暦《ほうれき》の頃《ころ》となっている。

布引左内が訪ねて来たのはその日の昼下りで、番頭に「五年前の大鴉一味の件で」と来意を告げると、話はすぐに通り、客用の一室へ案内された。帳場には四代目と思《おぼ》しき若者が、馴《な》れぬ手つきで帳合《ちょうあい》を行っている。

さして待たされることなく、左内の前に醒井屋市兵衛が現れた。

市兵衛は左内と同年齢ぐらいと思われ、大店《おおだな》の主《あるじ》らしき気負いを感じさせる男である。

「捕まったんでございますか、一味が」

市兵衛に勢い込んで聞かれ、左内は手を横にふって、

「いやいや、面目《めんぼく》ないがまだ捕まってはおらんよ。今日来たのは五年前のことを詳し

く聞こうと思ってな」

「どうして、今になってまた……」

つぶやくように市兵衛は言う。五年もの間事件を放《ほう》っておいて、なぜ今頃というぼやきとも嘆きともつかぬ気持ちなのだろう。

しかし左内の方としては、御金蔵破《ごきんぞうやぶ》りの件は口が裂けても言えない。

「まっ、そう言わずに助力を頼む。このまま何もしないよりはましではないか」

「へえ、まあ」

市兵衛はひと息つくと、

「五年前のあの時、わたしは三代目を継いだばかりで、夜もろくに寝れないほど商いに打ち込んでおりました。と申すのも、二代目がこさえた借金がございまして、それを返済するのに四苦八苦だったんです」

「大変な時だったんだな」

「へえ、一味に押入られて持っていかれた三百両は、なけなしだったんでございますよ。それを奪われてどんな思いをしたか。その後必死で立ち直りましたが、五年前の怨《うら》みはまだ消えちゃおりません」

「一味の面《つら》は一人も拝んでないか」

「全員が長脇差《ながどす》を腰に、黒の盗《ぬす》っ人《と》被《かぶ》りをしておりましたんで面体《めんてい》の方はいけませんね」

「犯科録《はんかろく》には頭数は十人ほどとあるが、間違いないのだな」

「間違いございません、それはわたしの証言なのです。長脇差で脅されて、奉公人共々一か所に集められると、こっちも開き直った気持ちになり、落ち着いて頭数を数えておりました」

「乱暴狼藉《ろうぜき》は一切なかったと記録にあるが」

「それだけが不思議でございますよ。わたしを始め、家族や奉公人がいくら騒ぎ立てても奴《やっ》らは一人も疵《きず》つけませんでした。そういう決まりを作ってやっていたんでございましょうよ」

「まっ、確かにな、一味はほかでも狼藉を働いてはおらんのだ」

「頭目らしき男が帳場から三百両をぶん取った時に、わたしと目が合い、その時黙って会釈《えしゃく》をしたんです」

「会釈を？」

「口は利きませんでしたが、すまないと言うつもりかと」

「ふうん、無法者らしくないのだな」

「だからといって、あんな連中は金輪際許《こんりんざい》されませんよ。なんとか捕まえて下さいまし」

「わかっている。ほかに何かないか、どんなことでもいいからその晩のことを思い出してくれ」

「はあ、そう申されましても……」

「店のなかに手引き役はいなかったか」

「それはございません。お役人方が厳しくご詮議《せんぎ》なさいましたが、奉公人にそんな悪心を持った者は一人も」

そう言った後、市兵衛は何やら考えていたが、不意に「あっ」と声を上げた。

「何かあったか」

「一味のなかに、確か女が一人混ざっていたんです」

「女だと？」

「今思い出しました。このことは当時のお役人方にも喋《しゃべ》っておりません」

左内が身を乗り出して、

「どうして女だと思った」

「力自慢の手代がおりまして、よせばいいのにそいつが隙《すき》を衝《つ》いて一味の一人に飛び掛かったんでございます。すぐに白刃を向けられて手代は何も出来ませんでしたが、その時あっと小さな声が漏れて、それは間違いなく女のものだったんです」

「その女も被り物をしていたんだな」

「へえ、ですんで器量の方はまったくわかりません。背丈はすらっとしていて、女にしてはある方でございました」

二

醒井屋を出て、本銀町を見廻《みまわ》りがてらぶらついた。

大鴉一味に女が一人混ざっていたとは新情報である。そのことだけでも一味への思いは変わってくる。頭目の単なる情婦なら押込みに加えはすまい。やはりその女も盗っ人の真似事《まねごと》のひとつも出来るのだ。このことは胸に収めておこうと思った。

その時、遠くから「旦那《だんな》」と呼ぶ声が聞こえ、暦売《こよみう》りの音松が駆けて来た。

左内は立ち止まって見迎え、

「よっ、暫《しばら》くだな、音松」

音松は舌打ちして、

「その暫くってのやめて下せえよ。ついこの間会ったばかりじゃねえですか。まるで

「ふん、耄碌《もうろく》が始まったかも知れねえぞ。何せおれぁ北町の昼行燈《ひるあんどん》だからな」

「よく言いやすよ、そんなこと思ってもいねえくせに」

そう言っておき、音松は声をひそめて、

「そういや黒紋屋の一件以来でがんすね」

「気の毒なことをしたなあ、五郎十は。辻斬《つじぎ》りにぶった斬られちまったんだ」

惚《とぼ》け顔で左内が言う。

「本当ですかね」

左内へちらっと疑いの目を向け、音松は言う。

音松は勘繰《かんぐ》ってはいるのだが、左内が人殺しをしている現場そのものは見たことがないし、また怖ろしくて踏み込めずにいる。手先として情報収集に徹していれば波風は立たないのだから、疑念には蓋《ふた》をすることにしているらしい。保身に長《た》けた男なのだ。

「あの後がね、ひでえもんでした」

「どうした」

「五郎十がおっ死《ち》んだ次の日にゃ、女郎どもは一人もいなくなって金箱も空っぽになっていたんですぜ。ひでえと思いやせんか」

「いいんじゃねえのか、女たちはさんざっぱら苦しめられたんだ」

「へえ、まあ、そりゃ確かに」

「見世《みせ》はどうなった」

「商売敵《がたき》が乗り込んで来て、もう女郎屋を始めてやすよ。あそこは場所が上等ですから」

「世の中ってな目が廻るようだな」

「へえ、いってえ誰《だれ》が五郎十をやったんでがしょう」

「またそこへ戻るってか。辻斬りだって言ってんじゃねえか、この野郎。なんぞ腑《ふ》に落ちねえとでも言うのか」

「い、いいえ、滅相《めっそう》もねえ」

「今日はなんだ、話があるんじゃねえのか」

音松には大鴉一味の、伊三次という偽《にせ》の鋳掛屋《いかけや》を探らせていた。

「十六夜長屋に何度か足を運んで伊三次のことを聞込みやしたが、長屋の連中で行く先に心当たりのある奴ぁいやせんでした。そりゃそうですよね、伊三次みてえな奴がそんな間抜けをするわきゃねえんだ」

「うむ、それでどうした」
「でね、鋳掛屋のご同業ん所をあっちこっち当たってみたんでがすよ」
「目が出たか」
「薬研堀《やげんぼり》に伊三次を名乗って鋳掛をやってる野郎がいたんでさ」
「見に行ったか」
「いいえ、そこまでの度胸はござんせんよ」
「なんてえ長屋だ」

その長屋は天狗《てんぐ》長屋といい、左内は急いで八丁堀まで戻り、組屋敷に帰宅したばかりの非常取締掛同心曲淵三右衛門を呼び出した。

湯へ入ろうとしていた曲淵は慌てて着替えをし、嫌な顔ひとつせずに襷掛《たすきが》けまでして両刀を差し、左内について来た。二年前に伊三次を尾行し、十六夜長屋を突きとめた時の興奮に味をしめたようで、事務方が捕物に参加するつもりなのだ。

薬研堀新地にある天狗長屋は一棟だけの小さい長屋で、五軒の家が並んでいた。

油障子《あぶらしょうじ》に『いかけ』と平仮名で書かれ、なかで鍋釜《なべがま》を修繕する音が聞こえている。

二人は長屋の木戸門の陰に隠れた。

「布引殿、踏み込まないのですかな。面を拝めばわしにはすぐにわかる。やって下さい」

「それは良策とは言えませんよ。彼奴《きやつ》一人を捕まえたところで仲間のことは白状しないでしょう。それよりここはまず首実検をすることが肝要かと」

「左様か、うむ、なるほど。一網打尽《いちもうだじん》を考えているのか。さすが定廻《じょうまわ》りであるな」

左内が「しっ」と言って、曲淵の袖《そで》を引いて身を屈《かが》めた。

油障子が開き、伊三次と思しき男が所用ある様子で出て来たのだ。

それを見たとたん、曲淵が興奮し、声を押し殺しながらも騒ぎ立てた。

「あぁっ、あいつです。忘れもせんわ、間違いござらん。布引殿、追いかけましょうぞ」

こっちには気づかず、伊三次は歩き去って行く。

「曲淵殿、ご足労をおかけした。屋敷へ戻られよ」

「お主《ぬし》一人で大丈夫なのか」

「後はお任せを。ではこれにて」

曲淵をそこへ残し、左内は伊三次の後を追って行った。

三

左内には贖罪《しょくざい》せねばならぬ相手がいた。

かつて音松とおなじく手先をやっていた長次《ちょうじ》という男がおり、表向きの稼業は夏は金魚売り、冬は焼芋《やきいも》を売っていた。

長次は三年前のある日、娘のお雀《すず》を連れて通旅籠町《とおりはたごちょう》へ買物に出掛けた。お雀の半襟《はんえり》を買ってやるのが目的だった。

すると一軒の旅籠《はたご》で騒ぎが起こり、長次が何事かと首を突っ込むと、一人の無法者が悶着《もんちゃく》を起こしていることがわかった。

無法者は兇状持《きょうじょうも》ちで、左内が追っていた男であり、長次は放っておけなくなった。左内を呼びに人を走らせておき、お雀にはその場から動くなと厳命した上で、長次は旅籠に突入して行った。この時、お雀は父親の身を案ずるあまり、後からついて行ってしまった。

長次が旅籠の六尺棒を手に取り、立て籠《こ》もりの現場である二階へ上がって行くと、その姿を見た無法者は逆上して匕首《あいくち》で突っかかってきた。長次の顔を見知っていたからだ。

長次が応戦し、無法者と争いとなった。そこへ運悪くお雀が現れ、無法者は長次の娘とは知らずに彼女を捉《とら》え、脅しをかけた。だが長次は怯《ひる》むことなく、手は弛《ゆる》めなかった。やがて六尺棒で頭をかち割られた無法者は、怒りに任せてお雀を窓から突き落とした。お雀は真下の荷車の上に落下し、意識を失った。

長次が窓辺へ走ってお雀の名を呼ぶと、彼女に息があることがわかった。憤怒《ふんぬ》の形相《ぎょうそう》で長次が向き直ったとたん、無法者に腹を刺された。それでも必死に無法者をねじ伏せて捕縛《ほばく》したが、そこまでだった。

左内が駆けつけて来た時には、長次は虫の息であった。やがて左内の腕のなかで長次は息絶えた。

左内は長次の骸《むくろ》をそのままにし、医者を呼んでお雀の手当てを頼み、無法者をしょっ引いて大番屋《おおばんや》へ向かった。

折から空は暗黒となり、雷鳴が轟《とどろ》いた。

しかし左内が無法者を大番屋へ送り届けることはなかった。無法者は途中で逃走を計って日本橋川《にほんばしがわ》に落ちて死んだのだ。罪人を捕えておきながらなんというていたらくかと、同役たちの顰蹙《ひんしゅく》を買ったが、左内は逃走の顛末《てんまつ》を詳しく語ることなく、昼行燈らしく間抜けな謝罪を繰り返すばかりだった。

事実は左内が無法者を、人目を盗んで川へ突き落としたのだ。この先裁きを待つまでもない、という左内の判断だった。やがて無法者の死骸《しがい》も上がって一件は落着した。お雀は落とされた時、ほかの怪我《けが》はかすり疵で済んだものの、ひどく右足の骨を折ってしまい、不自由な躰《からだ》になって今日に至っている。外出の折には杖《つえ》が手放せなくなったのである。

長次は死ぬ間際、駆けつけた左内に必死の目で何かを訴えたが、言葉は出ぬまま遂《つい》にこと切れた。だが左内にはわかっていた。ひとり娘のお雀の行く末を頼んだのである。女房を早くに亡くし、お雀と二人だけで暮らしてきた親子であった。

長次は左内より二つ三つ年上で、お雀は二十歳《はたち》を少し出たところだ。

それから左内はお雀の面倒を一生見る決意をした。長次の墓も建ててやり、お雀を本所《ほんじょ》一つ目の文六《ぶんろく》長屋に住まわせ、親身になって世話を焼いている。躰の不自由なお雀のために、おなじ長屋に住むかみさんたちに世話を頼み、皆に月々幾らかの金を払っている。お雀にも暮らしの金を与え、何不自由のないように計らっている。黒紋屋五郎十から巻き上げたような悪銭を、こういうところで使っているのだ。

それを拒むことは出来ないが、お雀は左内の親切を盲従《もうじゅう》することに抵抗を覚え、いつもひれ伏すような気持ちでいる。

また不自由な躰では貰《もら》い手《て》もなく、嫁いだところで家事や育児を満足にこなす自信がないから、お雀は結婚には消極的になってしまった。長次さえ生きていればと、左内は申し訳のない気持ちでいっぱいになる。だからお雀が幸せをつかむまでは、見守りつづけねばならないと思っていた。

ところが今まで気づかなかったが、お雀には格別な才覚があることがわかってきた。というのも、捕物の手先を務めるくらいだから、長次にはそれなりの眼力が具《そな》わっていて、左内もかつては随分と重宝し、頼りにもしていた。

その長次の血を引いているのか、お雀も事件の解明には独特の勘と閃《ひらめ》きを持っていたのだ。左内はそこに目を付け、事件が暗礁《あんしょう》に乗り上げたような時にはその都度概要を語り、お雀に相談をぶつようになった。お雀もまたそれによく応《こた》え、的確な推測を立てる。

お雀の見立ては的中する場合が多く、ゆえに左内は内心で彼女のことを〝知恵袋《ちえぶくろ》〟と思っているのだ。

四

その日、暮れ六つ（午後六時）の鐘が鳴る頃、左内はお雀《すず》の住む本所一つ目の文六長屋へ折詰《おりづめ》を提《さ》げてやって来た。

定廻り同心の生活というものはこうして夜も昼もなく、役所へ出仕するよりも外廻りの方が多いから、本人以外はその行動がつかみ難く、常に行く先は不明なのである。組屋敷で待つ田鶴も坊太郎も長年の習慣からその辺のところは心得ていて、なんの懐疑も差し挟まない。

「へえるぜ」

そう言って左内が油障子を開けると、お雀はすでにひれ伏していた。

行燈の灯が煌々《こうこう》と明るい。そこは六帖《じょう》一間に、台所と竈《へっつい》のついた住空間だ。

「なんだよ、おい、またかよ、頭を上げねえか。おいらが来ることがわかっていたみてえじゃねえか」

お雀はにっこりと笑顔を上げ、

「ええ、足音で」

忠犬のように言った。

「めえったな」

左内は三和土《たたき》から座敷へずいっと上がり、お雀と向き合うや、折詰をうやうやしく差し出して、

「常盤屋《ときわや》の鮨《すし》だぜ。好物だろ、おめえの」

「有難う」

お雀は嬉《うれ》しい顔になって折詰を貰い、腹が減っていたのか早速包みを広げ、小皿に醬油《しょうゆ》を落として鮨を食べ始めた。まるで父親の土産《みやげ》を屈託なく食べる娘のようだ。

火鉢《ひばち》では炭火が赤々と燃え、薬罐《やかん》から湯気が立っている。

「晩の支度してなかったのか」

「しようと思っていた矢先だったの」

「なんでえ、まったく」

近頃長屋のかみさん連中は、お雀の世話を怠《おこた》っているようで、後で文句を言ってやろうと左内は思う。

お雀との関係は誰にも知られておらず、田鶴や坊太郎はむろん蚊帳《かや》の外だ。知っているのは音松だけだが、その彼も長次と会ってはいない。音松は長次の死後、後釜《あとがま》として手先となったものだ。

無心に鮨を食べるお雀の顔を見ていて、左内の表情も綻《ほころ》んできた。

お雀はまん丸い顔にはっきりとした目鼻がついていて、美人とは言い難いが、どこか愛くるしく、年のわりには可憐《かれん》なのである。髷《まげ》をきちんと娘島田《むすめしまだ》に結い、こざっぱりとした小袖《こそで》を着ている。不自由な躰にもめげず、気性は明るい。

「あ、いけない」

自分が食べるのに夢中になっていて、左内に茶を淹《い》れることを忘れていたので、お雀は慌てて薬罐の湯を急須《きゆうす》に注《つ》ぎ、自分の分と共に支度をする。

そうして茶を差し出しながら、

「御免なさい、あんまりお腹《なか》が空《す》いていたんで」

小さくなって言った。

「昼も食ってなかったんじゃあるめえな」

「忘れてました」

「何やってたんだ」

「仕事にかまけてたんです」

お雀の躰で売り商いは出来ないから、家のなかで済む仕事を持っていた。それは代筆屋で、お雀は類稀《たぐいまれ》な能筆家《のうひつか》なのである。公事訴訟《くじそしよう》の難しい文から、居酒屋の売掛請求《うりかけせいきゆう》、はたまた付け文に至るまでなんでも引受ける。時には文面まで考える。仕事はしょっちゅうあるわけではなく、さして暮らしの足しになるほどではないが、それでも仕事を持っているということはこうして彼女を輝かせているのだ。代筆屋と、左内から持込まれる事件相談の二つで、世の中から必要とされていると思い、お雀は張りを持って生きているのである。

「今日はどんな事件なんですか」

お雀が聞いてきた。当然左内の来意がわかっているのだ。

左内はふうふう吹いて茶を啜《すす》り、

「それがよ、どうにもこうにも解《げ》せねえんだよ。食いながら聞いてくれるか」

「はい」

口をもぐもぐさせながらお雀が返答する。

そこで左内は、五年前より追跡していた盗賊大鴉一味が、去年の春に江戸城御金蔵を破り、三千両を奪う事件が起こって、当初目付方《めつけかた》が探索していたものが北町にお鉢が廻ってきて、詮議することになったまでの経緯《いきさつ》を述べた。やがて堀江町一丁目の十六夜長屋に住む手下の伊三次という鋳掛屋が浮上し、張込んでいたら行動を起こしたので、尾行したところまでを語った。

「どうしたんです、それで。伊三次は仲間と会ったんですか」

「それがよ……」

急に左内の口が重くなった。

食べることを中断してお雀が見守る。

「後をつけたら野郎がとんでもねえ所にへえってったんで、困っちまってよ、それで足踏みしてるんだ」

「悩むような所なんですね」

「伝奏屋敷《でんそうやしき》だよ」

「ええっ、まさかそんな……盗っ人がどうして伝奏屋敷なんかへ」

驚きで、お雀はあんぐり口を開けたままになる。

伝奏屋敷とは竜の口《たつのくち》内堀水の落ち口で、和田倉《わだくら》の東北、道三堀《どうさんぼり》の入り口にある。帝《みかど》の命を受け、京より参向する公家衆《くげしゅう》の泊まる専用宿舎なのだ。そんな貴族の館に盗っ人が出入りを許されるはずはない。

「あり得ませんよ、布引の旦那」

「おれも目を疑ったさ。けど奴は勝手知った様子で、おれの手の届かねえ伝奏屋敷にへえってった。そうなるってえと、もうどうしようもねえやな」

「うむ……」

偉そうな唸《うな》り声を発し、お雀は腕組みして考え込んだ。鮨はきれいに平らげていた。

「今は御勅使《ごちょくし》様はおられるんですか」

「いいや、聞いてねえ。屋敷は空のはずだ」

「となると、どれくらいの人がなかにいるのかしら」

「町方の手の及ばねえ所だから詳しいこたわからねえが、伝奏屋敷は目付方の支配下で、あそこにゃ確か伝奏屋敷番てえ小役人が何人かで詰めてるはずだぜ」

「ははあ、お目付様のご支配なんですか。するってえとあれですよね、大鴉一味を最初に追いかけていたのも目付方ってことに」

「ああ、そうなるな」

左内がぱちんと指を鳴らし、

「待てよ、なんだか妙な具合んなってきたじゃねえか。追ってた奴らと逃げてたのがおんなじ舟に乗ってるみてえな話んなるぜ」

「布引の旦那、もう一遍洗い直した方がよくありませんか」

「何を洗い直すんだ」

「お目付方ですよ」

左内が頓狂《とんきょう》な声を上げ、

「な、なんで目付方と一味がつながんなくちゃいけねえ」

「そうは言ってませんよ。お目付方のなかに一味と通じてる不心得者がいるかも知れないと、あたしは言いたいんです」

「でえそれたこと考えるな、おめえって奴はよ。そんなこと有りなのか」

「伝奏屋敷番はお目付の支配ではあっても、お目付衆とは違いますよね、只《ただ》の小役人なんですよ。つまり貰いが少なくて暮らしは楽じゃないはずです」

「だからって、おめえ……」

「洗い直すってそういうことなんですよ、布引の旦那」

考え込む左内に、お雀はぐっと顔を近づけて覗《のぞ》き込むようにし、

「あたしの言うこと、当たりかも知れませんよ」

「近えぞ、おい」

「はっ？」

顔が近過ぎることにはっと気づき、お雀は「ご無礼を」と言って退き、下を向いた。

左内はどこかがむずむずするような思いがして、襟元を掻《か》き合わせる。近頃お雀から女の匂《にお》いが強く感じられ、時に落ち着かない気分にさせられる。不自由な足以外は健康な女なのだから当然のことで、お雀は成熟が始まっているのだ。

「おめえの意見はよ、持ちけえってじっくり考えてみることにするぜ。どうやらこの一件は存外奥が深えのかも知れねえな」

「あたしもそんな気がします。よろしくお願いします」

ぺこりと頭を下げた。

「よせやい、お願えするなおれの方じゃねえかよ。それじゃけえるぜ」

「お鮨、御馳走《ごちそう》さまでした」

「またな」

家の外に出ると空っ風が吹きつけ、左内はぶるっときた。

（いっぺえひっかけなくっちゃしょうがねえぜ、こいつぁよ）

五

『放れ駒』へ入ると店には誰もおらず、左内は束の間《つかま》途方に暮れた。書き入れ時なのに今日も客は一人もいないのだ。

だが奥の小上がりから話し声が聞こえ、耳を澄ますとお勝のものなので来客と思い、床几《しょうぎ》に掛けて待つことにした。

そこから小上がりは死角になっていて、客の顔は見えない。そのうちお勝が「月末にはきっと払いますんで」と言っている声が聞こえ、左内は居心地が悪くなってきた。

どうしたものかと考え倦《あぐ》ねていると、因業《いんごう》な男の声が聞こえた。

「お勝さん、この店はもう汐時《しおどき》じゃないのかえ。いつ来たって客の姿はないじゃないか。そろそろ畳《たた》んだらどうなんだい」

声の主は藤兵衛《とうべえ》という店の大家で、他に家作を幾つも所有し、因業で鳴らしている男だった。

「そんなこと言わないで下さいましな、藤兵衛さん。これでも大賑《おおにぎ》わいの日もあるんですよ。大家さんが来る時はなぜかいつも客足が引いてるだけなんです」

「今月の店賃《たなちん》も払えないくせによく言うよ。この先どうやってやってくつもりなんだね。いつも来る八丁堀の役人にまで見限られてるんじゃないのかえ。あの男は嫌だねえ、ぼうっとしてるような顔をしながら、時々目つきの悪い時があるんだ。裏でよくないことでもしているのかも知れない」

「ちょっと、大家さん、うちの客にまで文句を言うことはないと思いますけど。月末には払うって言ってるでしょう」

お勝の声がしだいに苛立《いらだ》ってきた。

「大晦日《おおみそか》までは待てないんだよ。力づくでも店を明け渡して貰うことになるんで覚悟しておくれ」

「そこを、なんとか」

「もう聞き飽きたね」

取り縋《すが》るお勝を払いのけ、藤兵衛が店の方へ出て来て、そこで左内と顔を合わせてぎょっとなった。老年の貧相な男だから、上物の羽織が似合わない。

「こ、こりゃ八丁堀の旦那」

「おれの目つきが悪いだと？」

「あ、いえ、それはそのう……」

藤兵衛は慌てて目を伏せる。

「このおれ様が裏でどんな悪事を働いてるってんだ。言ってみろよ、このくそ爺《じじ》いめが」

「言葉の綾《あや》でございますよ、決して悪気で言ったわけじゃありません。どうかお許し下さいまし」

懸命に取り繕う。

「これでどうだ、店賃」

左内が藤兵衛の腕をつかんで引き寄せ、強引に小判一枚を握らせた。

「釣りはいらねえぜ、文句あるめえ」

「ああっ、こいつぁどうも」

「とっとと失《う》せろよ、てめえの面なんざ見たくもねえ」

「ど、どうもご無礼を。お勝さん、いいお客さんを持ってよかったね」

お勝が出て来て、腕まくりして何も言わずにいる。

藤兵衛は逃げるように出て行った。

「すまないね、左内ちゃん」

「いいってことよ、それより酒をくれ」

「あいよ」

お勝が料理場へ行き、手早く酒の支度をして左内の所へ運んで来た。

「不景気なんだな、おめえん所は」

「見りゃわかるだろ、いつだって暇さね」

「若え娘っ子を置かねえからいけねえんだ。丸ぽちゃの色白でも置いてみろ、鼻の下伸ばした奴らがわんさか来るぜ」

「この店はあたしで持ってるんだよ」

「思い上がりだよ、そいつぁ。てめえの面鏡《つら》でよっく見てみろ。寄る年波の皺《しわ》だらけで、どこに目鼻があるかわからねえじゃねえか」

悪態をつかれても今日のお勝は負い目があるから逆らえず、しんみりとした口調に

なって、

「いい人なんだねえ、あんたって」

「なんだと」

「口は悪いけどやることは一流じゃないか。貧乏で追い詰められた幼馴染み《おさななじ》を救おうってんだもの、なかなか出来るこっちゃないよ」

「どうしたんだ、おめえ。貧乏のせいで気が触れたんじゃあるめえな」

「店仕舞いにするから、今晩はじっくり飲もうよ。酔ったら介抱《かいほう》して上げてもいいんだ」

「どんな介抱をするってんだ」

「それをあたしの口から言わせるのかえ」

左内は大いにうろたえて、

「冗談じゃねえ、言わなくていいよ。いってえ何考えてるんだ、この皺くちゃは」

左内が慌てふためき、立て続けに酒を飲むが、みるみる不安になってきて、

「よ、よし、今日はすっかり酔っぱらっちまったみてえだ。けえるとするぜ」

「意気地なし」

「あん？　なんてったんだ」

「たまには道を踏み外したっていいんだよ。それが出来ないから意気地なしって言ったのさ」

「そうとも、おれぁ昼行燈の意気地なしよ。それのどこが悪い」

お勝はふっと失笑して、

「御免よ、変なこと言って。どうかしてたみたいだね」

「いいからよ、今のことはなかったことにしようぜ。なっ、明日また来るからよ」

「うん、待ってる」

あたふたと左内は出て行った。

お勝は残り酒を呷《あお》り、安堵《あんど》の溜息《ためいき》を漏らすも、今宵《こよい》は寂しさが募ってきて、

「意気地なし」

またこぼした。

六

夜に帰宅すると、かならず左内は坊太郎の居室へ直行することにしていた。

今宵も坊太郎は夜具のなかで、ぐっすり眠り込んでいる。

目を細めて寝顔を覗き込んでいると、静かに襖《ふすま》が開いて夜着姿の田鶴が入って来た。

「お帰りなされませ」

左内は田鶴の方に向き直り、

「只今《ただいま》戻りました」

折り目正しく頭を下げた。

田鶴もその前に座し、鼻を利かせて、

「少し御酒《ごしゅ》を召し上がったのですのね」

「はあ、断れない酒でして。商家の主たちの愚痴《ぐち》を長々と聞いてやっておりました」

口から出任せを言った。

そういう酒には田鶴は寛大だから、

「お骨折りのこととお察し致します」

「帰心矢《きしんや》の如《ごと》しではありましたが、これぱかりは役目柄思うように参りません」

「よく理解しておりますわ」

「家の方は何事もなかったと思いますが」

「ええ、何事も。寺入りしてからの坊太郎の進歩はめざましいのですよ」

「ほう」

「習字はすでにお手のものとなり、今日は素読を大きな声で致したそうな。浜路先生

「いやいや、勉学の方はひとえに田鶴殿のお血筋でありましょう。それを聞いて安心致しました」

田鶴の家は左内より身分が上の与力《よりき》で、そういう所から嫁を貰うとどういうことになるか、それは左内が何より身に沁《し》みてわかっていた。まるで婿養子の如くに、ずっと嫁の実家に気遣いせねばならないのだ。

田鶴が不意に話題を変えて、

「あ、こんなことを申してよいかどうかわかりませぬが……」

「どうしました」

「浜路殿の向かいの家に妻八と申す飾り職がおり、これが浜路殿と親しいらしく、わたくしの目の前で出来たばかりのかんざしを上げておりましたの。浜路殿から引き合わされましたが、なかなかに腰が低く、よい男でございましたな」

浜路とはろくに口を利かないような言い方をしていたが、妻八は左内に嘘《うそ》をついたことになる。なぜそんなつまらぬ嘘をつくのか、些《いささ》か理解に苦しんだ。取るに足りない話だから構わないが、左内としてはちょっとひっかかった。

しかしそんなことはおくびにも出さず、

「浜路先生の器量なら男の一人や二人、言い寄っても不思議はありますまい」

「それが、そういう仲でもないような。妻八の方はともかく、浜路殿は男を寄せつけない風でした」

「浜路殿は実家をなくしていますから、疵《きず》ついているのかも知れません。その昔に男嫌いになるような出来事があったとか」

「そうでしょうか」

坊太郎が「むはっ」と寝言を言った。

「旦那様、寝床で喋っていては坊太郎の迷惑です。さっ、あちらへ参りましょう」

「そうですな、夜も更《ふ》けて参りましたので、わたしもそろそろ」

「いいえ、旦那様」

「はっ？」

「今宵はわたくしの寝所へ参られませ。少しだけお話がございますの」

「お話が……」

「よろしいですわね」

返事を待たず、田鶴は高圧的に言って身をひるがえした。

（女難の日だぜ、まったく）

まん丸顔のお雀がなつかしくさえ感じられたが、されど雪女に逆らえる左内ではなかった。

七

御勅使は帝と幕府の交渉役として、京より江戸へ派遣される使者のことで、毎年三月、将軍の朝廷への年頭賀に対する答礼、または将軍家の慶弔事《けいちょうじ》などの際に、大納言《だいなごん》、中納言《ちゅうなごん》らの公家衆が下向して来る。

それ以外は伝奏屋敷は空家も同然であり、御目付配下の小役人、伝奏屋敷番六人が詰めている。屋敷の地積は二千四百坪で、大身《たいしん》旗本並である。周囲は長屋や塀で囲われ、三つの長屋門《ながやもん》と一つの通用門が設けられ、式台や玄関が幾つもある。各座敷は京風の意匠《いしょう》が施されていて、襖絵《ふすまえ》ひとつとっても優美で華麗なのである。今は暇だが、年が明ければ御勅使参向があるので忙しくなる。公家侍やお供の数は数百人であるから、たちまち屋敷は狭くなるのだ。

伝奏屋敷番は三十俵《ぴょう》高ゆえ、三十俵二人扶持《ぶち》の左内とほぼ同格である。それでも彼らは町方役人とは違うと思っているから、誇りは高い。伝奏屋敷番には留守居《るすい》という役職があり、これが五人を束ねている。

中里加茂助《なかざとかもすけ》は六人のなかで一番の年若で、独り身であり、身も心も軽い男だ。役宅は牛込軽子坂《うしごめかるこざか》の近くで、加茂助は遅くに出来た子だからふた親ともすでに老年となり、父親は隠居している。昔は兄や姉がいたが病死し、中里家は加茂助が当主となった。貧乏御家人は生まれた時からだが、近頃なぜか、中里加茂助は羽振りがよいのである。

その日も夕の七つ（午後四時）を待って、さっさと伝奏屋敷を退出し、町場へ繰り出した。独り身だから何をやってもよいと思っているようだ。中里は色白でのっぺり顔のやさ男だ。

まずは神田《かんだ》へ出て、鎌倉横町《かまくらよこちょう》の矢場で矢場女を相手に他愛もなく遊び、さらに日暮れを待って新草屋町《しんくさやちょう》の小料理屋へ入った。馴染《なじ》みの店なので歓待され、そこで少しばかり聞《き》こし召《め》し、小料理に舌鼓《したつづみ》を打ち、顔を赤くしてふらっと表へ出た。

すると破落戸《ごろつき》三人とすれ違い、肩が触れた触れないで口争いになった。烈《はげ》しくど突かれて中里はすっ転んだ。

「おのれ、わたしを誰だと思っているのだ」

居丈高《いたけだか》になって立ち上がり、鯉口《こいぐち》を切って抜刀した。酔った勢いでそうなったのだが、抜いたとたんに中里は後悔した。破落戸を相手に闘うほど腕に覚えはないのだ。

破落戸たちが腕まくりをして、喧嘩《けんか》の態勢に入った。暮始めた辺りには人だかりがしてきて、中里は後に引けなくなった。膝《ひざ》が震えてくる。

そこへ左内が花道から登場の立役者《たてやくしゃ》のようにして、ずいっと現れた。

「てえげえにしねえか、おめえら」

十手をちらつかせ、破落戸たちに向かって凄《すご》んだ。

破落戸らはとたんにおたついて逃げ腰になった。

退散するのへ左内が追って行き、

「どこのもんだ、名めえを言え」

とかなんとか言いながら、中里にわからないように破落戸の一人に分厚い金包みをつかませた。初めから左内が仕組んだ狂言なのである。破落戸たちは平謝りすると見せかけ、散って行った。

「危ないところでしたな、お怪我はありませんか」

中里は茫然《ぼうぜん》と突っ立っていたが、ぎこちなく一礼して、

「あ、いや、面倒を掛けた。御免」

ばつが悪いので、こそこそと行きかけた。

「このこと、留守居殿に知らせた方がよくありませんかな」

中里は大慌てとなり、

「い、いや、それには及ばん」

と言って、すぐに不可解な顔になり、

「なぜわたしのことを知っているのだ」

「何もかも知ってるんですよ、ご貴殿のことは。伝奏屋敷番殿」

「何者だ、その方」

中里が青褪《あおざ》め、真剣な目になって、

「わたしを調べているのか、どういうわけがあってそんなことをする。事と次第によっては只では済まんぞ。町方風情《ふぜい》が身のほどをわきまえろ」

左内がにやっと笑い、態度を豹変《ひょうへん》させた。

「ふざけるんじゃねえぞ、この野郎。高々三十俵扶持がなんだって湯水のように金を使える。毎晩遊ぶ金がどこにあるってんだ。天から降ってくるってか？　え、おい、不正を働いてるに決まってんだろうが」

中里は醜いほどにうろたえ、

「ふ、不正なんてとんでもない、そんなことはしておらんぞ。言いがかりはよしてくれ」

「じゃあなんだ、話してみろよ、この野郎。事としでえによっちゃ只じゃ済まねえぞ」

中里の受売りを言った。

八

話の内容が機密ゆえ、人目を避けて近くの稲荷《いなり》の境内《けいだい》へ入り、そこで立ち話となった。

寒風吹き荒《すさ》び、凍《こご》えるほどで、左内は絹《きぬ》の襟巻《えりまき》に首を埋《うず》めている。吐く息が真っ白だ。

左内は態度を豹変させたままで、

「盗っ人の片割れが伝奏屋敷にへえってったんだ。そこで六人の小役人をつぶさに調べたらおめえが一番怪しいってことんなった。下級の分際で毎晩飲み歩いてたら嫌でも目につくわな。つながってんだろ、盗っ人どもと」

中里は緊張に頬《ほお》を強張《こわば》らせ、黙《だ》んまりだ。

「盗っ人に銭貰ってどうしようってんだ。おめえ一人の腹切りじゃ済まねえんだぞ。中里家はお取り潰《つぶ》しで、ふた親とも骨になっちまわあ。気の毒によ、不肖《ふしょう》の伜《せがれ》のお蔭《かげ》でとんだ災難だ」

中里は顔を紙のように白くして、

「な、なんとかなりませんか」

急に物腰を変えてきた。

「盗っ人と手を組んでること認めるのか」

「手を組んだわけではありませんよ。そそのかされて、軽い気持ちで言うことを聞いてやっただけなんです」

「おなじこった」

「ともかく、なんとかしてくれませんか」

「そいつぁおめえしでえだ」

「どうすれば」

「順序立てて話してみな」

「けど、それは……」

「物事にはなんだって順序ってもんがあるだろ。伊三次とはどこで知り合った」

「伊三次ですって？」

「おめえにゃなんて名乗ってるんだ」

「橋蔵《はしぞう》です」

盗っ人が本名など名乗るわけがない。

「それじゃ橋蔵と知り合った経緯を言えよ」

「藪《やぶ》のなかです」

「ふざけてんのか、てめえ」

「本当ですよ。下城途中に鎌倉河岸《かまくらがし》の大藪のなかを歩いていたら声を掛けられたのです。橋蔵は最初から盗っ人である正体を明かして近づいて来ました。伝奏屋敷を隠《かく》れ蓑《みの》に使いたい、都合をつけてくれと」

「どんな都合だ」

「追われの身になった時、匿《かくま》ってくれればそれでよいと。それから三日が経《た》って、奴は伝奏屋敷にやって来ました。同役たちには知り合いの小者《こもの》と偽《いつわ》り、すぐに中間《ちゅうげん》の仕着せを着せて追手の目をごまかしたのです。二刻（四時間）ほどしたら、奴はいつの間にかいなくなっていました」

三日前なら違う、と左内は思った。十六夜長屋を突きとめ、張込んだのは一昨日だ。では伊三次はこっちのことは露知らず、別口に追われていたことになる。それにしても、逃げ場として伝奏屋敷を選んだことがどうにも臭い。そこに隠された何かが潜んでいるような気がしてならない。

（二刻あれば屋敷んなかは調べられるな）

きらっとある推測が浮かんだ。

「追手の姿は見たのか」

「いえ、まったく。わたしは本当に言われた通りにしただけなので。すみません、深く考えなかった自分が愚かでした」

暗澹《あんたん》たる表情になって言った。

「愚かもいいとこだぜ」

「ええ、はい」

「幾ら貰った」

「十両です」

「大金じゃねえか」

「それで遊興の金を。思い切り金を使って遊んでみたかったのです。こういうことは一度味をしめるといけませんね。今度はいつ来るかと待つようになっていました」

左内は推測に則《のっと》って、

「ひとつ聞くが」

「はっ」

「伝奏屋敷にゃ金目のものはあるか」

「金目のもの？」

奇異な目になって中里が問い返す。

「金銀財宝だよ」

「そんなものあるわけないですよ。年に何度かお公家衆が来て泊まるだけなのですから。それに大金を置いておく必要もありません」

「そこだよ、胸に手を当てて考えてみろよ」

「は、はあ、そう言われましても……」

中里は不安をみなぎらせ、その胸中は揺れ動いているようだ。

「いいか、よくよく考えろよ。これにゃおめえの生き死にがかかってると思いな。盗っ人と手を組んだことがばれたらどうなると思ってるんだ」

「脅かさないで下さいよ」

中里は青くなっておたつく。

その認識の甘さに左内は苛立ちを募らせ、

「脅しじゃねえよ、このたわけ。おのれの置かれてる立場がわかってねえのか」

「まだお名前も聞いてませんでしたね」

「北の御番所の布引左内だ。定廻りをやっている」

「そうですか。布引殿、橋蔵に金を返せばなかったことになりませんか」

「十両はあらかた使っちまってるんだろ」

「あ、そうか……」

中里はしょげ返る。

「それより橋蔵は次にいつ来るかだな」

「それは不明です、向こう次第なので」

「伝奏屋敷の金目のものを考えな」

「金は本当にありません」

思案の末にはっと思い立った。

「あっ、そういえばあそこにはあるものが」

「なんでえ、そりゃ」

「織田信長《おだのぶなが》公の名刀があるのです。大般若長光《だいはんにゃながみつ》といって、値にすれば銀六百貫にもなる大業物《おおわざもの》だそうで」

大般若長光は備前長船派《びぜんおさふね》の刀工長光の傑作として知られ、刀剣の代名詞ともいえる正宗《まさむね》でさえ五十貫の値付けなのに、長光が六百貫ということは破格の扱いである。元は室町幕府十三代将軍足利義輝《あしかがよしてる》の所有で、戦国時代になって三好《みよし》家の手に渡り、やがて信長のものとなった。それが姉川《あねがわ》の闘いで奮戦した家康《いえやす》に、信長が褒美《ほうび》として長光を授け、その後武蔵国忍藩松平家《むさしのくにおしはんまつだいらけ》の秘蔵となったはずである。

なぜ長光が伝奏屋敷にあるのか。その仔細《しさい》は幕臣の多くが知らないところだ。

「なんでそんなてえへんなものが伝奏屋敷にあるんだ。おかしいじゃねえか」

「わたしも不審に思って留守居殿に尋ねました」

二年前に参向した甘露寺《かんろじ》大納言が長光を見たいというたっての頼みで、松平家から拝借したものだという。それが返しそびれ、杜撰《ずさん》さも手伝って、そのまま伝奏屋敷の蔵に納まったままなのだという。

（そいつだ、大鴉一味はそいつを狙《ねら》ってるに違えねえ）

若くて思慮が足りず、遊ぶ金の欲しい中里の弱みにつけ込み、人知れず手引き役にしたのだ。大鴉一味はまたしても大それた犯科を企《たくら》んでいるようだ。

だがそれは推測に過ぎず、これ以上この若者を巻込みたくないから、

「よし、わかった。その話は聞かなかったことにしてやるぜ」

「わたしはどうしたらよいのですか」

「すっ惚けてるんだな。橋蔵がまた来たら言われた通りに匿《かくま》ってやんな」

「そ、それでは布引殿の引っ込みがつかんのでは」

「いいってことよ、後は任せろ。おめえは目を瞑《つぶ》ってりゃいいんだ」

「はあ、しかしこういうことが知られたからには、今まで通りというわけにも」

「おれがいいって言ってんだから、構わねえよ。もうこのことでくよくよするな」

元より追手などなかったのだ。伊三次が伝奏屋敷に入り込む算段であろうと思われた。

左内が寒さにぶるっときて、

「こんな所にいたからすっかり冷え込んじまったぜ、どうでえ、いっぺえひっかけてけえらねえか」

中里は硬い表情になって誘いを拒み、

「今日会ったばかりの布引殿とそんな気にはなれませんよ。当分は謹慎《きんしん》しております」

悄然《しょうぜん》と肩を落とし、中里は一礼して去って行った。

その背を見送り、左内は思った。

(もう金に目が眩《くら》むんじゃねえぞ。悪党の罠《わな》ってな、金か女に決まってんだからな)

天狗長屋を襲うつもりはなかった。伊三次を泳がせて動きを見守る心づもりである。

九

与力詰所で文机《ふづくえ》に向かい、吟味《ぎんみ》方与力《かたよりき》巨勢《こせ》掃部介《かもんのすけ》が犯科録の吟味をしていた。

そこへ定廻り同心田鎖猪之助、弓削金吾の二人があたふたとした様子でやって来た。

「巨勢殿、これを」

入室するなり、田鎖が結び文を差し出し、

「役所に投げ込まれてあったものです。いつ何者が、ということは不明ですが、中身を読んで驚きました。まずはご一読を」

「うむ」

巨勢が執務を中断して文を開き、目を通すや驚きの声を漏らした。

「なんと」

それには大鴉一味が、伝奏屋敷に秘蔵されている稀代《きたい》の名刀大般若長光を狙っていると書かれてあった。差出人不明の謎《なぞ》の文ということになるが、実は左内がおのれの筆跡ではまずいから、お雀に書かせたものだった。

弓削が膝を進めて、

「長光が伝奏屋敷に秘蔵されていることは真《まこと》のことであり、しかしてそれを知っているのは限られた者となり、一味がなぜそれを知り得たのか、面妖《めんよう》としか言いようがござらん」

田鎖が後を受けて、

「半信半疑にござれば、巨勢殿のご意見を伺おうかと思いまして」

「うむ……」

巨勢は重い声で唸った後、

「これを信ずるか、どうかであるな」

「御意《ぎょい》。しかし大鴉一味なら如何《いか》にもやりそうなことです。御金蔵破りだけでも天下の大罪と申すに、長光を奪おうとは言語道断」

田鎖が言えば、弓削も次いで、

「どうか、お指図を。一味を捕えられればお目付方を畏《おそ》れさせるは充分かと。北町ここにありと、大きな声も出せますぞ」

その言葉に鼓舞《こぶ》され、巨勢が決断する。

「何人かで伝奏屋敷に張りつくのだ。町方の領分を越えているが構わん。それで一味を捕えられるなら重畳《ちょうじょう》じゃ」

「はっ、では早速」

田鎖が巨勢の手から文を取り戻し、それをふところにねじ込んで弓削と共に立ちかけた。

　そこへ左内が間延びした顔で入って来た。

　左内はその場の雰囲気を怪しみ、

「おや、何かございましたかな」

「布引殿には無縁のことだ」

　嘲《あざけ》りを浮かべ、田鎖が言う。

「たとえ何かがあったとしても、布引殿のお手は借りませんぞ」

　弓削も言い、田鎖と去った。

「巨勢殿、仲間外れは悲しいですなあ。何があったのですか」

「いや、なんの。お主が案ずることではないのだ。それより何用かな」

　巨勢が左内に問うた。

「困ったことになりました」

「どうした」

「伜が朝から熱を出しまして、寺子屋を休んでおります。大事な一人息子なので気になってなりません」

「それはいかん、今日はもうよいぞ」

「よろしいですか」

「さしたる事件は起こってはおらん」

日頃いくら目を掛けていても、巨勢は左内に肝心な話はしないことにしている。明らかに実働隊には入れていないのだ。

「ではお言葉に甘えまして」

慇懃《いんぎん》に一礼して左内が行きかけた。

「あ、待て。それはそうと、徒目付《かちめつけ》殿には会ったのか」

左内は慌てたように座り直し、

「はっ、申し遅れました。お話は伺ったのですが、さしたる実りはございませんでした。それでお知らせは省いたのですが、よろしくありませんでしたかな」

「うむ、まっ、どんなことでも一応は報告は上げてくれぬと困るぞ」

「どうも、至りませんで」

もう一度頭を下げ、左内は去った。

十

坊太郎の発熱は嘘ではなく、左内は奉行所を早めに退《ひ》いて八丁堀組屋敷へ戻って来た。

よき夫、よき父親を演ずるのも世をたばかる術《すべ》ひとつではあるが、近頃ではその姿がまんざら偽りではなく、本物になりつつあることを自覚していた。そんなおのれを胸の内で、困ったことだと思ってはいるのだが。

坊太郎の部屋へ行くと、懇意《こんい》にしている老医師の竹庵《ちくあん》が来ていて、臥《ふ》した坊太郎の療治に当たっていた。そばに座し、田鶴が心配げに見守っている。

「これは、竹庵殿、世話に相なる」

左内がまずは挨拶をしておき、

「塩梅《あんばい》は如何《いかが》でござるかな」

「さしたることはないと思うが、今日一日様子を見てみよう。滋養のつくものでも食べさせてやって下され」

「承知致した。坊太郎、何が食いたい」

坊太郎が答える前に、田鶴が口を挟んで、

「旦那様、さっきから坊太郎は鰻《うなぎ》が食べたいと」

苦笑混じりに言うと、左内は相好《そうごう》を崩し、

「おまえ、以前は鰻が嫌いで食わなかったではないか」

「親が知らぬ間に子は成長するのですね」

「こいつめ、小癪《こしやく》なことを」

左内と田鶴が顔を見合わせて笑った。

坊太郎の様子に左内は安堵し、

「よしよし、では父上が鰻の蒲焼《かばやき》を調達してこよう。おまえが元気で安心したぞ」

左内が自室へ行き、着替えをしていると、田鶴が追うようにして入って来た。

「旦那様、用件がひとつございます、お願いしても？」

「はあ、どんなことでしょう」

酸漿長屋では寺子たちがすでに帰り、浜路が襷掛けで座敷に雑巾《ぞうきん》がけをしていた。

遊び盛りの子供たちだけにいつも手足は汚れていて、放っておくと座敷のあちこちが荒《すさ》んでくる。それを浜路はせっせと磨きをかけているのだ。

戸口に気配を感じてふり返ると、飾り職の妻八が土間に突っ立ってこっちを見ていた。

「まあ、これは」

妻八は慌てたように会釈して、

「すみません、勝手にへえっちまって。大変でござんすね、浜路先生も」

「いいえ、なんの」

そう言って浜路は妻八の前へ行き、きちんと座した。

「この間は結構なものを頂戴《ちょうだい》しまして」

髪に挿《さ》したかんざしに触れて見せた。

それは金があしらわれた向差《むこうざし》かんざしで、纏見立《まといみたて》になっている。機知にとんだ粋《いき》な拵《こしら》えだ。

「気に入って頂けやしたかい」

「髪飾りを貰うことなどついぞないので、まごついてしまいました。改めて尋ねますが、どうしてこれをわたくしなんぞに」

「先生にお似合いかと思いやしてね、そんなに気になさらねえで下せえやし」

浜路は妻八に茶を淹れながら、

「家の真ん前に住んでいながら、ゆっくり話したことはありませんでしたわね」

茶を貰うと、妻八は恐縮して上がり框《がまち》に掛け、「頂戴しやす」と言って茶に口をつけ、

「先生は以前、御家人のお嬢様だったと聞きやしたが」

「はい、御家人に違いはありませんが、お嬢様などと申す代物ではございませんのよ」

「立ち入ったことをお尋ねしやすが、ご苦労をなすったんですかい」

浜路は少し間を置いて、

「俗に申す辛酸《しんさん》とやらを舐《な》めました。でも詳しい経緯などは、どうか聞かないで下さいましな」

「へえ、そいつぁ遠慮しときやしょう」

「そこ元は確か、わたくしがここへ越して来てから後に住みつきましたね」

「さいでござんす。けどそいつぁたまたまでして。先生を追いかけて来たわけじゃござんせんぜ」

浜路は妻八の冗談にぱっと破顔して、

「んまっ、そんなことは思いの外ですよ。でも初めてですわね、こんな風に打ち解けてお話しするのは。よく知らぬそこ元から髪飾りを頂いた時はびっくりしましたのよ。すっかり戸惑って、どうしたものかと」

「申し訳ござんせん。いつもお見かけしていて、先生の御髪《おぐし》が寂しいと思ったものですから」

改めて浜路の髪のかんざしに目をやり、

「よくお似合いでござんすぜ」

「何かお返しせねばなりませぬな」

「それにゃ及びやせん。先生がお気に召して下さりゃそれでいいんで」

「近隣のよしみで、これからもどうかよろしく」

「へい、こちらこそ」

茶を飲み干し、妻八は自分の家へ帰って行った。

浜路はまたやり残した掃除に戻る。

長屋の木戸門の陰に、左内が佇《たたず》んでいた。

浜路から坊太郎に、病気見舞いの菓子折を貰い、田鶴にお返しをして来てくれと頼まれたので、左内はそこいらで返礼の煎餅《せんべい》を調達してやって来たのだ。だが浜路と妻八が話していて、そこへ割込むわけにもゆかず、計らずも木戸門の所で二人の会話を聞く羽目《はめ》になったのだ。

誰の耳にもそれはごく尋常な会話に聞こえるはずだが、左内の受け取り方はやや違うのである。

（妻八ってな、さむれえだぜ）

そう思う一方から、浜路への見解も改める必要があり、

（浜路殿はまともじゃねえな。武家にゃ違えねえが、ありゃどっかで修羅を背負って

る女じゃねえかな）

このまま帰るわけにはゆかないので、煎餅包みを手に浜路の家へ近づいて行った。

すると井戸端へ行こうとして出て来た浜路と、家の表でばったり会った。

「まっ、布引殿」

「侘が結構なものを頂きまして、これはほんのお礼のつもりで」

煎餅包みを差し出した。

「あら、それはいけませんわ。寺子が病気をしたのですから、気遣いは当然のことで

ございます」

「まあそう固いことを申さずと、お受取り下され」

「恐縮でございます」

浜路は包みを受取り、それを一旦家へ戻って置いてから、また出て来て、井戸端で

雑巾を洗いにかかった。

「馴れましたかな、寺子屋は」

「お蔭様でなんとか」

浜路は背中で答える。

「それはよかった」

「でも、布引殿」

左内へふり返ると、

「こんな早い刻限にもう戻られたのですの」

「定廻りは内勤と違いましてな、朝も夜も自由なのですよ。ふだんはほとんど役所におらず、町から町をほっつき歩いております。今日は伜が熱を出したものですから、ちと早めに戻って参りました」

浜路はくすっと笑って、

「よいお父上なのですね」

「さあ、どうでしょうか」

「と申しますと？」

「外で何やっているかわかったものではないですよ。こういう男は油断は禁物なのです」

「そんな、ご自分でおっしゃるなんて。妙な御方《おかた》でございますこと」

「妙と言えばあなたも妙ではありませんか」

「えっ、わたくしが？」

「どこかに秘密でもあるように思えてなりませんな」

浜路は気を悪くして、

「当て推量でものをおっしゃらないで下さいまし。どこにでもある寺子屋を営むわたくしのどこが妙なのですか」

「あ、いやいや、これは失言でした。謝ります。つい町方役人の悪い癖が出てしまいました」

「そうですとも、いつもそうやって町の人たちを揺さぶっておられるからいけないのですわ。お慎み下さいまし」

左内が襟を正し、

「どうかお許しを。重ねて詫《わ》びます」

その様子が浜路の笑いを誘い、

「憎めない御方なのですね、布引殿は」

「はあ、そう言って頂けると幸いでござる」

ぽんと額を叩《たた》き、浜路がまた笑った。

十一

「よく食うな、おめえって奴は」

左内が呆《あき》れ顔でお雀を見やった。

お雀の住む本所一つ目の文六長屋である。

お雀は田鶴と坊太郎に買った鰻の折詰のお裾《すそ》分《わ》けを左内から貰い、丁度晩飯時なのですぐに飛びついた。

左内は田鶴たちに折詰を渡すと、夜廻りだと称してここへやって来たものだ。

「だって大好物なのよ、鰻」

「もう少し品よく食えねえのかよ」

左内が手を伸ばし、お雀の口の横についた飯粒を取ってやろうとすると、お雀は目を閉じて唇を突き出した。その唇が肉感的で、左内は思わずぎょっとなって引いた。

「取ってよ」

「がきみてえなことぬかすな、自分で食え」

お雀は飯粒をつまんで口に入れ、また折詰に戻ってぱくぱく食べながら、

「それで、何を聞きたいの、あたしに」

「今話した通りだ。浜路って女師匠が怪しいとおれぁ思い始めている。それについちゃおめえはどう思う」

「どうって、いい先生なんじゃないの」

「翳《かげ》りがあるんだよ、浜路って女にゃ」

「器量は」

「えっ？」

「別嬪《べっぴん》なのかしら」

「まああってとこだな」

「じゃよっぽど美人なのね」

「だからどうした」

「美人には翳りがあるものなのよ」

「おめえにゃねえぜ」

「あたしだってあるはずよ。こんな不自由な躰になっちまったんだもの。憂えているわよ」

「そうは見えねえけどな」

「見る目がないのよ」

「おめえのことはどうだっていいんだ。今は浜路の話をしてるんだぞ」

「突拍子《とっぴょうし》もないこと言っていい？」

「言ってみろ」

「女がいたわよね」

「なんだと」

「大鴉一味に女が一人いたって言ったでしょ」

左内は形相を一変させ、

「何を考えてんだ、おめえ」

「だから突拍子もないことよ」

「まさか、おめえ……」

「話が飛び過ぎかしら」

「うぬっ」

左内が追い詰められたようになった。

（畜生、さすがおれの知恵袋だぜ。目の付け所が違うじゃねえか。それにしても、そんなことがあるってか）

「浜路さんて人御家人の娘って言ってたけど、本当なのかしら。父親はなんのお役に就《つ》いていたのか、そこんところ調べてみたら？」

左内は黙り込む。

「どうしたの、旦那」

「おめえに言うべきじゃなかったな」

「なんで」

「いいんだ、忘れてくれ」

「坊太郎ちゃんの夢を壊しちゃうから？　でも本当にそうなら放《ほ》っとけないわよね。浜路さんが善か悪か、突きとめないといけないでしょ」

「浜路の話は置いとこうぜ。飾り職の妻八って奴のことはどう思う」

「見張りじゃない？」

「なんの」

「浜路さんのよ」

「どうして浜路を見張ってるんだ」

「そりゃいろいろとわけありなのよ。あたしなんかには想像もつかないわ。旦那は二人を見て怪しいと思ったんでしょ。でもね、あたしは二人には会ってないけど、うすうすわかるのよ」

「何がわかるんだ」

「秘めてるわね、二人とも」

「ここに酒はねえのか」

「あるわよ、いつも独りで飲んでるから」

躰をくるっと廻し、徳利《とっくり》と欠け茶碗《ぢゃわん》を取って左内に差し出した。

左内が徳利の酒を注《つ》ぎ、一人で飲む。

「知らなかったぜ、寂しくて飲んでるのか」

「時々お父《と》っつぁんのことを思い出して眠れなくなったりしてね、たまらなくて飲むの」

「いや、すまねえ」

「いいのよ、そんなつもりで言ったんじゃないわ。旦那を責めたってしょうがないもの」

左内がまたぐびりと飲んで、

「なんで大鴉一味と浜路を結びつけるんだ」

「勘ね、あたしの」

「それだけか」

「それで充分よ。このあたしに目すりはないわ」

「……参ったな」

「きっと岡っ引きになれるのよ、あたし。この足さえなんともなければ。でも悪人を追いかけるには杖を突いてちゃ駄目よね」

「御免な、お雀」

「もういいの、お父っつぁんの件は」

「けど長次のことを思うと情けなくってよ、われとわが身を鞭打《むちう》ちたくなるんだ」

「その気持ちで充分よ、旦那」

酒に手を伸ばし、お雀も飲みだす。

「あたし、いつだって旦那の役に立っていたい。巷《ちまた》で起こる事件て面白いわね。人の本当の姿が見え隠れするでしょ。どうしてもそっちに引っ張られるの」

「お雀、実はおれもそうなんだ。人と人が織りなすことは悲喜《ひき》交々《こもごも》でよ、そこにゃ愚かで悲しい筋書があるのさ。そいつを解きほぐしてくうちに、おれぁいつの間にかど壺《つぼ》に嵌《は》まって抜き差しならなくなるのよ」

「悪い奴をぶっ殺したくなるでしょ、旦那」

ぎくっとなって、左内はお雀を見た。

「何を言ってるんだ、おめえ」

「あたし、知ってるのよ、旦那の本当の姿」

「……」

左内の首筋にたらりと脂汗が流れ、殺意が首をもたげてきた。

第三章　刺客の影

一

殺意が消えぬまま、布引左内は冷静になるように努め、なんでもないような表情を作って、

「妙なことを言うじゃねえか、お雀。おれの本当の姿とはどういうこった」

お雀《すず》はすぐには答えず、空になった鰻《うなぎ》の折詰《おりづめ》を畳《たた》み、「ご馳走《ちそう》さま」と小さな声で言った後、そこでまたきゅっと酒を飲み、告白でもするように言った。

「見ちゃったのよね」

「何をだ」

左内の声が張り詰める。

「旦那《だんな》が人殺しするところ」

左内は色を変えず、笑みさえ浮かべて、

「おれぁへぼで人なんか斬《き》ったこたねえぜ。そいつぁ別人だろう。世の中よく似た人

間がかならずいるってえからな」

お雀はかぶりをふり、突き刺すような確信の目を左内に向ける。

「今年の話よ。春の盛りの頃《ころ》だったわ」

左内の目に暗い影が差した。春なら身に覚えがあった。鎮静したお雀への殺意がまた首をもたげてきた。

「春の真っ盛りに、おれによく似た男が人殺しをしたってか」

お雀はこくっとうなずき、

「うん、そう。でもあれはよく似た人なんかじゃないわ、旦那そのものよ」

左内が無口になった。

「憶《おぼ》えてるはずよ。本郷金助町《ほんごうきんすけちょう》から天神様へ行く途中、桜の木が何本も植わってる所があるでしょ。あたしは今年も一人でお花見に行ったのね。一緒に行く人がいないから、遊山《ゆさん》はいつも一人なの。そこは秋になると栗《くり》や柿《かき》もよく実って栗拾いには何度も行っていた。旦那の人殺しを見たんで、今年は栗拾いに行かなかったけど」

「……」

「でも春のその時は勿体《もったい》ないと思ったわ、桜が満開なのに誰《だれ》も見に来る人がいないんだもの。それでね、桜の根元で持参のお弁当を広げて食べてたの」

左内は静かに酒を飲む。

「そうしたら物音がして、そんなに離れてない所に旦那が怖い顔で立っていて、無宿人みたいな色の黒い男と向き合っていた。旦那は低い声で何か言ってたけど話の内容は聞こえなかった。すると男が開き直ったみたいに居丈高《いたけだか》になって、匕首《あいくち》を抜いて旦那に飛びかかったのよ」

口を差し挟まずに、お雀に言いたいだけ言わそうと決めた。徳利《とつくり》の酒が少なくなってきた。

「あたし、驚いて声を漏らすまいと必死だったわ。杖《つえ》でその男を殴って旦那を助けなくちゃあと思ってたら、旦那が刀を抜いたの。目にも止まらぬ早業だった。それにもびっくりしたけど、あっという間に男は斬り伏せられたのね。凄《すご》いと思ったわ。旦那ってこういう人だったんだって、その時わかったのよ」

「お雀」

どすの利いた左内の声が響いた。

「うん？　あたしを殺す」

あっけらかんとした顔を作ってお雀が言った。この小娘は何もかもお見通しのようだ。

「殺してもいいが化けて出やしねえか、おめえみてえな奴《やつ》は」

戯《ざ》れ言《ごと》めかして言った。

「うふっ、そうかも知れないわねえ。でも雀《すずめ》のお化けじゃしゃれにもならないでしょう」

「あそこにおめえがいたとは不覚だったぜ」

「認めるのね」

お雀が真顔になって言った。

「言い逃れはしねえよ」

「なんだったの、あの男は」

「極悪人に決まってんだろ。うめえことやって、五人もの女を手込めにした揚句《あげく》にみんな息の根を止めたんだ。それなのに捕まらねえで、のうのうと生きていやがった。何も言えねえで死んでった女たちが気の毒で、おれが仕置きしてやったのよ」

「いいことをしたのね」

「そのつもりだが」

「ああいうこと、いつからやってるの」

「この二年ぐれえだ」

隠すのはやめようと思った。

「何人やった」

「七人」

「立派な人殺しじゃない」

「おれを訴えるか」

お雀は下を向く。

「どうなんだ」

「……」

「どうだって聞いてるんだ」

「出来るわけないでしょ、そんなこと。何から何まですっかりお世話になってる旦那なのよ。お父《と》っつぁんだってきっとそう言うわ。それに旦那がいなくなったら、あたし暮らしに困るもの。こんなに食べ物の溢《あふ》れた江戸で餓死《がし》なんかしたくない」

左内は皮肉に笑う。

「そこかよ、落とし所は」

「だってむやみに人殺しはしてないでしょ。許せぬ人でなしだからこそ闇討《やみうち》してるんでしょ。だからあたしは許して上げるわよ」

「偉そうに」

「この話、墓場まで持ってくつもりよ」

左内の心から殺意が消えた。

「おれもおめえの口封じなんざしたくねえ」

「明日からどうするの」

「今まで通りだ」

「わかった、そうする」

「じゃ、けえるぜ」

左内が立って土間へ降りた。そこで小判を一枚、ちゃりんと放《ほう》った。

「これで酒を買っといてくれ。飲んじまってすまねえ」

油障子《あぶらしょうじ》を開けた。

「ねっ、布引の旦那」

ふり返った。

「悪党の返り討ちには気をつけてね」

「おめえのやさしい心は身に沁《し》みるぜ」

皮肉に言って、左内は出て行った。

お雀は徳利を傾けて残り酒を飲み、「はあっ」と吹っ切れたような深い溜息《ためいき》をついた。

二

師走《しわす》の夜風は冷たかった。

本所から八丁堀へ帰る道すがら、左内は過去への情念を濃くしていた。

悪党の闇討を始める前までは、どこにでもいるごく平凡な役人だった。田鶴との夫婦生活にさしたる波風はなく、坊太郎も可愛《かわい》い盛りで、今にして思えばなんの翳《かげ》りもない太平楽な日々であった。

昔から手柄を立てるのに汲々《きゅうきゅう》とするような役人ではなく、そういうことには無頓着《むとんちゃく》だった。むしろ手柄は人に譲るものと思っていて、与えられた俸禄《ほうろく》でごく尋常に生きていた。またそれが性にも合っていたのだ。今は亡き左内の父親もそうだった。若い頃に習得した中西派一刀流皆伝の剣の腕前がどんなに凄いか、ほとんど人に知られていなかった。

そんな左内を人は昼行燈《ひるあんどん》と陰口を叩《たた》き、無能な役人と蔑視《べっし》した。影が薄く、いてもいなくてもいいような存在だったのだ。生まれつきの左内の風貌《ふうぼう》と人柄で、努めてそうしていたわけではなかった。

おのれを韜晦《とうかい》し始めたのは、二年前のある事件がきっかけだった。

さる大店《おおだな》の倅《せがれ》が、粗相《そそう》をした店の小僧に腹を立てて薪《まき》で撲殺《ぼくさつ》した事件が起こった。倅は若かったが分別もあり、仕事もよく出来る男なのに、つまらないことで逆上する性癖の持ち主だった。その根底には驕《おご》りがあり、小僧以前にも女中を半殺しにしていた。その女中は里に帰って半年後、倅に受《つ》けた暴行の後遺症が元で死んだ。倅は人の非を許せぬ狭量さで、狂気と兇暴《きょうぼう》に火が点くと止まらない男なのだ。

倅の殺人を揉《も》み消そうと、父親が奔走《ほんそう》することになった。父親は南の御番所の年番《ねんばん》方与《かたよ》力《りき》に顔が利き、大金を積んで事件を闇に葬《ほうむ》った。誰も手は出せなかった。立場の弱い女中や小僧は犬死で、立つ瀬も浮かぶ瀬もないのである。こんな理不尽《りふじん》はあるまい。

そのことから左内の心の闇に火が点いた。

倅に対して烈《はげ》しい殺意を燃やし、弱者たちの復讐《ふくしゅう》の代行をしてやる決意をした。虎《こ》視《し》眈々《たんたん》と倅の隙《すき》を窺《うかが》い、宴会帰りを狙《ねら》って一刀の下《もと》に斬り殺した。大騒ぎになったが、辻斬《つじぎ》りの仕業《しわざ》ということで事件は落着した。父親は見る影もなくやつれて落ち込み、三月後に病没した。

さらに左内は復讐の仕上げに、南町の年番方与力を夜道で襲い、斬り裂いて息の根を止めた。あったことをなかったことにする手合いが、どうしても許せなかったのだ。与力は刀を抜く暇もなく斬り殺されたがゆえ、武士としてこんな不名誉なことはなく、やがて病死の届けがなされ、事件が取沙汰《とりざた》されることはなかった。

それから左内が人知れず行う〝夜の仕置き〟が始まった。つまりはたった一人の自警団なのだ。

二年の間に七人、いずれも悪鬼羅刹《あっきらせつ》の極悪どもだった。悔いはみじんもなかった。一番最後が黒紋屋五郎十で、それ以来は鳴りをひそめている。

よき妻を持ち、子にも恵まれ、たとえ昼行燈と蔑《さげす》まれても、それを隠《かく》れ蓑《みの》にして左内は謎《なぞ》の暗殺者となり、ひそかに闇の世界に生きてきた。

悪党を始末し、一人快哉《かいさい》を叫ぶも、だが空《むな》しさはなかった。そこにひそかな愉悦《ゆえつ》さえあった。

地獄道に足を踏み入れたおのれに対し、ふてぶてしく開き直ってもいた。何が左内をそうまでさせるのか、過去に蹉跌《さてつ》があったわけでもなく、月並な小役人の家に生まれたただの突這同心《つくばいどうしん》に過ぎないのだ。

（おれのやってることたいってえなんなのか、そいつぁ正義としか言いようがあるめえ

な）

そう嘯《うそぶ》くしかない左内であった。

八丁堀組屋敷の家々の灯《あかり》が見えてくると、左内はつるんと口を拭《ぬぐ》い、昼行燈のよき夫、父親の顔に戻った。

三

数日が経《た》った。

その夜は宿直《とのい》なので、伝奏屋敷番《でんそうやしきばん》の中里加茂助は他の同役二人と共に伝奏屋敷の警護に就いていた。

盗《ぬす》っ人《と》に遊興費を貰《もら》ったことを左内に咎《とが》められてからは、ひたすら保身に走り、御身《おん み》大事に身を謹《つつし》んでいる。おのれのあさはかさは悔やんでも悔やみきれない思いだ。

宛《あて》がいの夕餉《ゆうげ》を摂《と》り、いつも通りに屋敷の見廻《みまわ》りをして時を過ごし、夜更けて就寝することにした。伝奏屋敷では御勅使《ごちょくし》が宿泊していない限り、寝ずの番は必要ないのである。

寝巻に着替え、梅勢散《ばいせいさん》で歯を磨き、宿直部屋へ入って寝支度を整えた。

行燈の灯を消したとたん、だが中里は違和感を覚えてぴんと張り詰めた。

八帖《じょう》ほどの室内に人の気配を感じたのだ。

とっさに枕元《まくらもと》の大刀に手を伸ばすと、闇のなかから声が掛かった。

「無理しなさんな」

聞き覚えのある橋蔵、いや、伊三次の声だった。

影が不気味に蠢《うごめ》き、伊三次と四人の男が衝立《ついたて》の陰から静かに現れた。

いつ、どうやって侵入したものか、知らぬ間に五人に入り込まれ、待ち伏せされていたのだ。

「おまえたち……わたしにどうしろと言うのだ」

中里の問いに、伊三次が答える。

「知れたことよ。おれぁはなっから盗っ人だと素性《すじょう》を明かしたはずだぜ。蔵の鍵《かぎ》を取って来てくれ」

「な、なんのために……」

「大般若長光が欲しいんだよ」

中里は息を呑《の》む。

(狙いはやはりそれか)

震える思いがした。

「そんなものはここにはないぞ。聞いたこともない。残念だったな。何かの間違いだよ」

「いいからよ、四の五の言わねえで蔵から大般若長光を持ち出してこい、加茂助のお兄さん」

「わたしに命令するのか」

「されてもしょうがあるめえ。おいらがくれてやった大金はどこへ消えたのかなあ」

「くっ……」

　中里が言葉に詰まった。それを言われるとぐうの音も出ない。

「さあ、とっとと行って来い。おれぁ気が短けえんだ。言う通りにしねえとどういうことになるかわかるか。おめえは間違いなく腹切りもので、ふた親も無事じゃ済まねえ。金をけえせなんて野暮は言わねえからよ」

　おのれの仕出かした不始末に、中里は泣くに泣けない思いだ。しかし逡巡《しゅんじゅん》していても始まらないから、やがて大刀を手に立ち上がった。ここで五人と闘う勇気はとてもない。

　障子を開けてふり返ると、十個の目玉が爛々《らんらん》と光ってこっちを見ていた。伊三次以外は若い連中が多いようだ。

怖気《おぞけ》をふるい、中里は廊下を足早に行き、納戸《なんど》部屋へ入った。人影はない。壁に幾つかの鍵が並んでぶら下がっていた。その一つを取り、人目を憚《はばか》りながら部屋を出て、縁側から庭へ降りて下駄を突っかけた。

鬱蒼《うっそう》とした樹木の向こうに、蔵の白壁が夜目にもありありと浮き上がっていた。

蔵に駆け寄り、扉に鍵を差し込んだところで、中里はぎょっとなった。蔵の周りを取り囲むようにして、黒い三十人余の男たちが立ち並んでいたのだ。町方同心が五人に、後は紺看板《こんかんばん》を着た捕吏《ほり》たちだ。ものものしく手に手に六尺棒を持っている。

田鎖猪之助と弓削金吾がぬっと近づいて来た。

「脅されているのでござるな、貴殿」

田鎖が十手を見せた上で、囁《ささや》くように言った。

中里はしどろもどろになって、

「あ、いや、その……」

「敵は何人いる」

「五人です」

「もしや大般若長光を持ってこいと言われたのではないのか」

これは弓削だ。

中里は怯《おび》えた目でうなずく。

「五人はどこにいるか」

弓削が押し殺した声で嚙《か》みつくように言った。

「宿直部屋です。そこでわたしを待っているのです」

「相わかった。貴殿は戻らずともよいぞ」

田鎖が言って采配《さいはい》を振った。

全員が一斉に動き、中里を残して宿直部屋へ向かった。

中里の首筋から脂汗が流れ落ちた。

今の連中は自分を疑っていない。あくまで伝奏屋敷番の一員と思っている。つまり布引左内は中里のことを密告していないのだ。

(助かった、恩に着るぞ、布引殿)

安堵《あんど》するのも束《つか》の間《ま》で、宿直部屋の方から凄《すさ》まじい騒ぎが巻き起こり、烈しく争う物音が聞こえてきた。

慄然《りつぜん》と佇《たたず》み、中里はその場から動けずにいた。

一方——。

伝奏屋敷が見える暗がりに、左内は一人で潜んでいた。

やがて屋敷内で騒ぎが起こり、不穏な様子が伝わってきた。捕物が始まったのだ。思惑通りに事が運び、左内は北叟笑《ほくそえ》む。夜になると毎晩ここへ来て、いつ襲撃があるのか様子を探っていた。

今日の夕暮れになり、手下の二人が屋敷を下見に来たのを目にし、襲撃が今宵《こよい》であることを察した。手下たちは立ち去った。

左内は本所へ走り、文六長屋のお雀に文を書かせた。伝奏屋敷に襲撃があるということを伝えると、お雀は変な顔になって、

「旦那、これっていったいなんなの。前にもおんなじ文を書いたわよね、意味がわからない」

不審顔で聞いてきた。

「説明は後だ。おめえは余計なことは考えるな」

それ以上何も聞かず、お雀は文を認《したた》めた。

左内は文を手に役所へ戻り、またしても投げ文をした。やがて文を読んだ田鎖らが色めき立って役所から出て来ると、伝奏屋敷へ押しかけ、案の定の捕物となった。

その前に大鴉一味の五人が屋敷へ忍び込んで行ったのだが、十人余と聞いていたかららなぜ半数なのかと思った。とっさに考えたのは仲間割れだった。五人が抜け駆けを

して大般若長光を奪い、いずこへか逃げる計略を立てたのではないか。

その時、争いから伊三次だけ抜け出し、屋敷の裏門から逃げて来た。

（伊三次だ、あの野郎）

左内は顔を見られたくないから、すかさず幾つかの石ころを拾い、伊三次めがけて闇から投げた。投石はすべて命中した。これも左内の得意技で、伊三次はもんどりうった。顔面は血だらけだ。

そこへ田鎖が伊三次を追って現れた。

田鎖は倒れて足掻《あが》いている伊三次を見て、誰がやったのか訝《いぶか》り、とっさに辺りを見廻した。どこにも人影はない。

田鎖はあまり深く考えず、勝手に天の配剤と思い込み、

「この野郎、恐れ入ったか。神妙にしろ」

おのれ一人の手柄にせんと、得意満面で伊三次に縄を打った。

四

吟味方与力巨勢掃部介が小者《こもの》数人をしたがえ、奉行所の表門へ向かっていた。

するとどこからか左内が現れ、揉み手をしてすり寄って来た。

「これはこれは巨勢殿、本日は結構な日和《ひより》でございますなあ」

「おう、左内、伜の塩梅《あんばい》はどうじゃ」

伜のことを聞かれ、左内は相好《そうごう》を崩して、

「もうすっかりよくなりまして、元気に寺子屋へ行っております。ご心配をおかけしまして」

「大事がのうてよかったな」

「はっ」

左内が上目遣《うわめづか》いに見やって、

「大鴉一味が捕まったそうで。もうその話でもちきりでございますよ」

「いや、捕まりはしたがどうしたわけか五人だけなのだ。昨夜伝奏屋敷でひっ捕えたわ」

謎の投げ文によって動いたことは体面が悪いので、巨勢は言わないでいる。

「わたしも伝奏屋敷と聞いて驚きました。支配の外でございますからな。その筋からのお咎めはありませんでしたか」

巨勢は胸を張って、

「そこにぬかりのあるわしではない。お奉行を通して目付方に根廻しをしておいた。

五人を捕えて結果を出せたのだから、どこからも文句は出まい」

「五人は小伝馬町《こでんまちよう》の牢屋敷《ろうやしき》にいるそうでございますな」

「左様、五人とも何も語らぬゆえ、拷問蔵《ごうもんぐら》で詮議《せんぎ》をしているところだ。どんなにしらを切ってもあそこへ行ったら何もかも話すであろう。これから検分に参るところだ」

「あのう、それがしもご同行させて頂いてよろしいでしょうか」

「うむ、構わん、お主も定廻《じようまわ》りではないか。共に参ろうぞ」

五

奉行所に拷問《ごうもん》の備えはなく、ゆえに罪人の拷問は小伝馬町牢屋敷まで出掛けて行き、そこの拷問蔵で行うことになっている。吟味方与力が出張って立ち会うことも決まりだ。

旧《ふる》くは重軽罪の別なく拷問にかけたが、元文《げんぶん》五年（一七四〇）に法改正された。

『関所破り、謀書《ぼうしよ》、謀反《むほん》、その他重き悪事致し、証拠慥《たし》かに候得《そうらえ》ども、白状致さず候者の外は、その時々評議の上可申付《もうしつけべく》候こと』

となり、またその三年後の寛保《かんぽう》三年（一七四三）にはさらなる改正がなされ、人殺し、火付け、盗賊の三種は、口を割らすためなら許可なく拷問してもよいことになっ

るのだ。

た。死罪以上の刑罰に該当する者で、罪を白状しない者は拷問、と相場は決まってい旧くは駿河責《するがぜ》め、糞責《ふんぜ》め、鉛責めなど、残忍で多種多様な責めが行われたが、享保《きようほう》以後は笞打《むちう》ち、石抱き、海老責《えびぜ》め、釣責《つりぜ》めの四種に限られるようになった。

伝奏屋敷で捕まった五人はまずは大鴉一味であることを認めた上で、伊三次、友造《ともぞう》、三次《さんじ》、捨松《すてまつ》、亀六《かめろく》と名乗った。すべて関八州《かんはっしゅう》から出て来た無宿者たちで、それぞれが郷里で大なり小なりの犯科《はんか》を働き、里にいられなくなって江戸をめざして来た連中だ。そうして大都会でさまようちに、一味の網にひっかかり、手下に加えられたのである。

大般若長光強奪の計略は、あくまで伊三次が立てたもので、他の四人はそれに引きずられただけに過ぎないことがわかった。四人は若造であり、取るに足りない者たちで、伊三次にうまいことを言われ、深い考えもなくしたがったのだ。

一番年下の亀六などはまだ十九で、五年前に一味に加わった時は十四であったから、話にならないのである。上に言われるまま押込みに参加し、その報酬として年不相応な金を貰い、世の中こんなものかと甘い考えでやってきたのだ。

詮議の常套《じようとう》として、友造以下の弱そうなところから責めたが、彼らは肝心なことは何も知らず、一味に関する新事実も出てこないのである。

四人は伊三次に入れ知恵をされ、初めは白状することを拒み、頑《かたくな》に黙《だ》んまりを通していた。それゆえ奉行所から牢屋敷に移されたのだが、怖ろしげな拷問道具を見ただけでたちまち震え上がった。彼らは争うようにして、知っていることをすんなり明かした。そうして根性なしの四人はすぐにへたってしまい、伊三次だけが穿鑿所《せんさくじょ》へ移され、そこで詮議が始まった。

巨勢が上段の間に控えて立ち会い、田鎖、弓削が訊問《じんもん》に当たった。小者ら数人も伊三次を取り囲んでいる。

左内は巨勢に頼み、牢屋敷に来ていることを内密にして貰い、隣室で息を殺して見聞することになった。

田鎖や弓削に見つかると、余計な軋轢《あつれき》を生じさせて面倒だからだ。巨勢も日頃《ひごろ》の双方の関係を知っているので、それを了承した。

伊三次は五人のなかでは一番の年嵩《としかさ》で、三十過ぎと思われ、一筋縄ではいかない輩《やから》のように感じられた。犯科の場数を踏んでいる強《したた》かさが、なんとなく察しられる。

詮議は他の者たちとは引き離して行われたから、誰が何を喋《しゃべ》ったかはわかっていない。

「上州《じょうしゅう》無宿伊三次」

田鎖が伊三次の前に座り込み、その顔を覗《のぞ》き込んで言った。

伊三次は無言で頭を下げる。

「おまえは五年前に上州下仁田《しもにた》を売って江戸へ出て来た。おまえの白状によるとそういうことだが、下仁田でどんな罪を犯した」

「賭場《とば》のいざこざで博奕打《ばくちう》ちを半殺しにしたんでさ、それで国にいらんなくなりやした」

「在所の生業《なりわい》は」

「代々の水呑《みずの》み百姓ですよ」

「百姓の小倅がよく鋳掛《いかけ》仕事が出来たな。おまえ、江戸では隠れ蓑に鋳掛屋をやっていたそうではないか」

「江戸に出て来てから習い覚えたんです。手先が器用だったんでさ。最初はまっとうにやるつもりでいたんです」

「それがなぜこうなった」

「堅気のなかにいると弾《はじ》き出されやしてね、身の置場がなくなって、面白くねえから賭場に足を踏み入れるようになりやした」

「そこで大鴉の弥蔵と知り合った」

伊三次は目を伏せる。

「そうだな」

「へえ、まあ、そんなところで」

「そこで聞くが、どんな男だ、弥蔵とは」

暫《しば》しの沈黙の後、伊三次は空《そら》っ惚《とぼ》けて、

「さあて、どんな人だったかなあ」

田鎖の笞が容赦なく飛び、伊三次の肩や背を打った。

だが伊三次は平然としている。

「惚けるつもりか。通用せぬぞ。もはやおまえが弥蔵と顔を合わせることはない。義理立ては無用であろう。この際だ、なんでも明かしてしまえ。それによっては罪一等を減じ、遠島で済むように取り計らってやってもよいのだ」

伊三次は黙んまりだ。

「拷問蔵で海老責めを味わうか」

拷問に怯《ひる》む様子はないが、伊三次が決然とした顔を上げた。

「聞いて下せえ、旦那方」

田鎖と弓削が見交わし、伊三次の次の言葉を待った。

巨勢は無言のまま耳を傾けていて、隣室の左内も息を詰めるようにして傾聴している。

「弥蔵のお頭《かしら》は立派なお人でござんす。それが証拠に押込んで誰も疵《きず》つけてねえ、一滴の血も流したことはねえんです」

「それがどうした、盗みは盗みではないか」

弓削が吼《ほ》え立てて、

「押込まれた家の不幸を考えたことがあるのか。こつこつと蓄えた金子《きんす》を奪われる理不尽を、貴様はどう考えるか」

「そいつぁ……へい、申し訳ねえとしか」

田鎖が弓削を目で制し、ぐいっと伊三次に見入って、

「で、立派なお頭のことは話したくないか」

「勘弁して下せえ。それだけは口が裂けても言えねえんで」

「では話を変えよう」

田鎖は了解を得るように巨勢の方を見ておき、

「一年前の春、おまえたちはとんでもない大仕事をしたな」

「へっ？　なんのこって」

「江戸城の御金蔵破《ごきんぞうやぶ》りだ」

「ええっ」

伊三次が驚愕《きょうがく》の顔になる。

「大鴉一味は御金蔵より三千両の金子を奪ったのだ。それに相違あるまい」

「と、とんでもねえ、身に覚えはござんせんぜ。初耳ですよ。どっからそんな話が出てくるんだ」

「御金蔵の扉に大鴉と書かれた紙が貼《は》りつけてあった。おまえたちの仕業でなくしてなんとするか」

伊三次は烈しく動揺する。

「違う、そいつぁなんかの間違いだ、あっしらの仕業じゃねえ」

「では誰の仕業だ」

「知らねえ、濡《ぬ》れ衣《ぎぬ》だ」

「貴様、ほざくな、この期《ご》に及んでまだしらを切るつもりか」

弓削が伊三次の胸ぐらを取り、乱暴に揺さぶった。

それからどれだけ責め立てても、伊三次は知らぬ存ぜぬの一点張りとなった。

田鎖と弓削は根負けして辟易《へきえき》となり、状況を見守っていた巨勢が詮議の中止を命じた。

六

左内は巨勢と共に奉行所へ戻り、与力詰所で向き合った。

日が暮れて役所はもう終わっているから、この刻限に残っている役人は少なく、詰所もがらんとしていた。

宿直の見習い同心が二人に茶を出し、すぐに引っ込んだ。

ここに誘ったのは巨勢の方だった。

「左内よ、どう思うかの」

「伊三次のことですな」

「左様、あ奴のことをどう受け止めたらよいのか、迷っている。明白に答えるかと思えばすぐにはぐらかすようなことを言う。われらを手玉に取っているとしか思えん。お主の意見を聞きたい」

こういう時、巨勢は左内によく意見を求める。それは粗削《あらけず》りな田鎖、弓削らと違って、左内が考える力を持っていることを知っているからだ。

左内が捕物の最前線で手柄を立てることはなくとも、その論理性を重んじているのだ。

左内も真摯《しんし》な気持ちで答える。

「弥蔵のことは話したくないのでございましょう。焦ってはいけませんな。しかしあの男はいろいろと知っております。それがしにちと話をさせて頂いてもよろしいですかな」

伊三次は奉行所へ差し戻され、仮牢に収監されていた。

「おう、構わんぞ。わしが許す。彼奴《きやつ》から聞き出してくれ」

仮牢では何人かの科人《とがにん》がおなじ牢舎にいたが、伊三次を大鴉一味と知って怖れ、誰一人近づく者はいなかった。

物相飯《もっそうめし》が済んで夜も更《ふ》けた頃、牢番数人がやって来て伊三次を呼び出した。牢を開けると牢番たちは厳重に伊三次を取り囲み、所内の小部屋まで連行して行った。

そこには左内が一人でいて、柔和な表情で伊三次を手招いた。牢番たちは小部屋の外で見張りにつく。

対座するなり、左内が言った。

「よっ、おれぁ定廻りの布引ってもんだ。気楽にしてくんな」

伊三次は苦笑いをして、

「気楽になんか出来るわきゃねえでしょ。囚《とら》われの身なんですぜ、あっしは」

「わかってるよ」

「旦那が定廻りなら、どうしてさっき牢屋敷にいなかったんです」

「あの連中とは仲が悪いんだよ。だから一緒に詮議をしたくねえのさ。わかるだろ、そういうの」

「知りやせんね、お役人方のそんなのは」

「おめえ、御金蔵破りはしてねえって言ったよな」

左内に真顔を据えられ、伊三次はちょっとまごついて、

「いきなりそれですかい」

「おれぁ穿鑿所の隣りで聞いていて、存外本当なんじゃねえかと思ったぜ」

「いたんですかい、牢屋敷に」

左内がうなずき、

「どうだ、寝耳に水じゃゃなかったのか」

伊三次は襟《えり》を正すようにして、

「へえ、本当のところそうなんですよ。あっしら御金蔵破りなんざやっちゃおりやせん。誓って本当でさ」

「じゃ誰がやった」

「三千両って言ってやしたよね」

「それが消えちまったんだ」

「旦那を信じてもようござんすかい」

「おれの目を見てみろ、清く澄んで嘘《うそ》がねえだろ」

「真面目《まじめ》に話してるんですぜ」

「おめえの気持ちをほぐしてやろうとしてるんじゃねえか。三千両は一味じゃねえほかの誰かが猫ばばした。そう思っていいんだな」

「へえ、そう思って下せえ」

「弥蔵はどこにいる」

「ころっころ変わるんですね、旦那の話は」

「教えろよ、どこにいる」

「ある所に身を潜めておりやさ。けどそいつばかりはさっきも言ったように殺されても言いやせんぜ」

「そうか、わかった」

「わかってくれるんですかい」

「もうひとつ聞きてえ」

「なんなりとは言いやせんが、どんなこってすね」

「一味は十人ぐれえと聞いている」

「へえ、まあ」

「残りの五人はどうした」

「声を掛けちゃおりやせん」

「こたびの伝奏屋敷はおめえ一人の思案なのか。弥蔵が後ろで糸引いてるんじゃねえのか」

「違いやすね、あっし一人の企《たくら》みでさ。盗っ人仲間から聞いて、伝奏屋敷に大般若長光があることはずっとめえから知っておりやしたよ。それをぶん取って、闇の市場に流してひと儲《もう》けしようとしたんでさ。お頭は知らねえことです」

「それと、もうひとつ」

「じゃ最初からふたつと言って下せえよ」

「十人の仲間んなかに、女がいるだろ」

「えっ」

「女だよ、女がいると、こちとらしっかり聞いてるんだ」

伊三次は黙り込む。

「やはりいるんだな、女が。どんな女なんだよ、弥蔵の情婦《いろ》なのか」

「もう勘弁して貰えやせんか、旦那。お話し出来るのはここまでですよ」

「明日んなったらみんな喋るのか」

「いいえ、明日もおんなじでさ」

「この野郎、そうはいくか。きっと白状させてみせっからな」

「へい、ご苦労さんでござんした」

話を打ち切り、伊三次はそれっきり応じなくなった。

伊三次が暗い仮牢へ差し戻されて来ると、他の科人たちは寝ているようで、静まり返っていた。

手下の若い四人は小伝馬町牢屋敷の大牢に囚われ、まだ詮議の終わっていない伊三次だけが奉行所の仮牢に留め置かれたのだ。

田鎖や弓削ら、他の同心の拷問による責め苦には耐えられるが、布引というあの同心は怖ろしく思えてならない。なんでもないような顔をしながら、布引はひたひたと核心に迫ってくるので、いくら平静を装っていても、いつ自分がぼろを出すか気が気でない。これまでも様々な役人と渡り合ってきただけに、ああいう男が一番油断が出来ないことは、百戦錬磨《ひゃくせんれんま》の伊三次にはよくわかっていた。

今日は仮牢に戻されてひとまずほっとしたが、明日からのことを考えると心が落着かなくなってくる。それを思うと気が重い。しかしここから脱出することは不可能で、どんなに足掻《あが》こうがいずれは布引の手によって何もかも白状してしまう自分を予感し、暗然たる思いがする。

その時、寝ている科人のなかから黒い影がひとつ、むっくり起き上がって伊三次の方へ膝《ひざ》で這《は》って来た。

「どうも、兄貴、お初でござんす」

若い職人風の男が馴れなれしく話しかけてきた。左官職の印半纏《しるしばんてん》を着ている。

「なんでえ、おめえさんは。さっきはいなかったよな」

「へえ、兄貴がお取り調べに行ってる間にへえってめえりやした。あっしの名めえは磯吉《いそきち》と申しやす。以後お見知りおきを」

「何やらかしたんだ」

「仕事が早く終わっちまったもんで、日のあるうちから酒にありつけたんでさ。それはよかったんですがね、調子に乗って深酔いしちまって、ちょいとその、へへへ、つまらねえことに腹を立てて暴れちまったんでがすよ。人をぶん殴って店を壊しちまったから怪《け》しからんてことで、お縄を頂戴《ちょうだい》する羽目《はめ》に」

「だったらてえした罪にゃなるめえ。明日の今頃はてめえんちで寝てるんじゃねえのか」

「だといいんですがね、こんなこと仕出かしたな一度や二度じゃねえもんで、今度は五十敲《たた》きぐれえはくらうかも知れやせん」

どうやら酒癖が悪い男のようだ。

「気をつけるんだな、酒にゃ」

「ご説ごもっともで」

「もういい、寝てくれよ」

「ちょいと待っておくんなせえ。ほかの連中に聞いたら、兄貴はでえそれたお人のようでがすね。なんでも音に聞こえた大鴉一味のお仲間だとか。凄えじゃねえですか」

「詮索は無用に願いてえな。おれぁ何も喋らねえぜ」

伊三次がぴしゃっとはねつけると、磯吉は首を引っ込め、「へい」と殊勝げに言って引き下がった。

去り際に、磯吉は鋭い別人のような目で伊三次の顔を盗み見た。

そうしてもぞもぞと元の場所に戻りながら、闇から光る目で伊三次の様子を窺っている。

七

朝餉《あさげ》を済ませ、左内と坊太郎が向き合って茶を飲んでいた。田鶴は台所で洗い物をしている。

「馴れたか、寺子屋は」

「はい、もうすっかり」

「今は何を学んでいる」

「四書五経《ししょごきょう》です。よくお師匠《ししょう》様に指されて、声に出して読まされます」

「おまえの得意面が目に浮かぶな」

「うへへ」

「文の書き方も教わったか」

「今やっておりますが、なかなかうまくなれませんな」

「なは余分だろ」

「父上の真似《まね》です」

左内が失笑し、

「では身支度を致せ」

「はい」

坊太郎が自室へ去ると、台所から瀬戸物の割れる派手な音がした。

左内が訝り、立って台所へ行く。

田鶴が左内の茶碗《ちゃわん》を割り、破片を拾い集めていた。

「田鶴殿が粗相をするとは珍しいですな」

「すみませぬ。考え事をしていたものですから。すぐに代りを購《あがの》うておきます」

「何かあったのですか」

「いえ、大したことでは」

「言って下さい」

田鶴は迷っていたが、意を決して、

「わたくし、いじめに遭《あ》っておりますの」

「いじめ？　誰からですか」

「寺子の母親の後藤《ごとう》まつ殿ですわ」

後藤まつは寺子の市之進《いちのしん》の母親で、父親は助三郎《すけさぶろう》といい、下馬廻《げばまわ》り同心だ。下馬廻りは諸侯登城の日、大手門外《おおてもんがい》その他において従者の取締りを行うお役である。俸禄は左内とおなじ三十俵《ぴょう》二人扶持《ぶち》だが、事務方ゆえに左内のような町場での貰いはない。

「どんないじめなんです」

「寺子屋で顔を合わせると、ちくちくとわたくしに嫌味を申すのです。当家がよほど羨《うらや》ましいらしく、妬《ねた》んでいるとしか」

「そんなものは放っておけばよろしいのでは」

「でも腹に据《す》えかねます。まつ殿はわたくしにだけ嫌味を申すのです。昨日もよいお召し物ですわねと申し、着物や帯を触った後で、あらそれほどでもと言いました。ほかの母御たちにも笑われたのです」

「我慢するしかありますまい。うまくやってくれんと困りますぞ」

「あなたはすぐにそうやって世間体を気にしますが、わたくしにも意地というものが。もうまつ殿の顔も見たくございません」

身装《みなり》を整えた坊太郎が来て、田鶴の話を耳にし、

「母上、市之進はいい奴なのです。親同士の仲が悪いとわたしも不都合になります。

父上の申される通りにここは我慢をして下さい」

「まあ、おまえまでそのような……母の立つ瀬がないではありませぬか」

左内が事態を収拾しようと躍起になって、

「ど、どうですかな、一度腹を割って話してみては。二人で飯でも食うのですよ。おなじ寺子を抱える者同士、何かと相通じるものがあると思うのですが」

「それがいいですよ、母上」

田鶴は溜息をつき、

「気は進みませぬが、二人揃《そろ》ってそう申すのならなんとかやってみましょう。坊太郎、寺子屋に遅れますよ」

「はい」

左内も出掛けるので身をひるがえし、自室に戻った。そこで着替えをしていると、出入りの奉行所小者が庭先から入って来た。

「布引様、お早うございます」

「うん、お早う」

「ちょっとお知らせすることが」

小者の顔色が変わっているので、左内が訝り、

「何かあったのか」

「ゆんべ仮牢に押籠《おしこ》められた大鴉一味の伊三次って野郎が、お牢で死んでたんでがすよ」

「死んだ？」

「首を掻っ切られて、見つけた時にゃもう息を引き取っておりやした」

左内に衝撃が走った。

八

仮牢から出された伊三次の死骸《しがい》が、石畳の筵《むしろ》の上に横たえられていた。

巨勢、田鎖、弓削が突っ立ったままで、茫然《ぼうぜん》とした様子でそれを見ている。

そこへ左内が駆けつけて来た。

「巨勢殿、なんとしたことですか」

左内の問いに巨勢の口は重く、「うむ」としか言わない。

田鎖と弓削が見交わし、

「ゆんべ喧嘩《けんか》で捕まった左官の磯吉と申す男がやったようなのですよ、布引殿」

田鎖が苦々しく言う。

「それが、磯吉を放免した後で伊三次の死が発覚したのだから、どうしようもござらん」

「そ奴はどうしました」

　弓削が言い、左内へ説明する。

　それによると、伊三次がいつまでも寝ているので牢番が飯だと言って起こそうとした。するとほかの科人が、伊三次は気分がよくないと言っていたから寝かしといてやってくれと止めた。それから飯となり、磯吉と科人たちは飯を済ませ、やがて磯吉は大した罪ではないので、牢から出して叱《しか》った後に放免してやった。その後も伊三次が起きないので、さすがに牢番が怪しみ、牢内へ入って揺さぶると、手にべっとりと血がついた。

「布引殿、こんなことは誰も思いもよりませんよ」

　弓削が言い訳がましく言う。

「ちょっと失礼を」

　左内が三人を掻き分けて身を屈《かが》め、伊三次の死骸を検屍《けんし》した。刃物で首を切り裂かれている。

「磯吉という男はどうしました」

左内の問いに、田鎖が答える。

「すぐに追手をかけたが、捕まるかどうか。別の奴らが磯吉の長屋へ向かってはいるのですが」

「手前はちと仮牢へ行って参ります」

そう言い残し、左内は忙しく去った。

「珍しいな、布引殿が張り切っておるぞ」

弓削が言うと、田鎖は肩を揺すって、

「あの御仁《ごじん》は妙なところで張り切るから困るのう。どうせ伊三次と磯吉が牢内で喧嘩にでもなった。それだけの話であろう」

二人の囁き合いを、巨勢が聞き咎め、

「では首を掻っ切った道具はどうした。なぜそんなものを持ち込める。これは単なる喧嘩で済む話ではあるまい」

「は、はあ」

田鎖はしどろもどろになる。

「その方らも詮議に乗り出せ。奉行所内で殺しなどあってはならんことだ。これは由々《ゆゆ》しきことぞ」

二人が恐縮で答え、慌ててその場から立ち去った。

左内が仮牢のなかへ入り、科人たちに問い詰めていた。牢の外に牢番らが立っている。

「おい、このなかで人が一人死んでいて、何も知らなかったでは済むまい。有体《ありてい》に言え」

科人の一人が怯えを見せて、

「死げえについちゃ、あっしら朝んなって気づきやしたが、あの磯吉って野郎が騒いだら殺すと脅しやがったんで」

「それだけじゃあるめえ」

左内が睨《にら》みを利かすと、別の一人がふところから小粒銀を取り出し、

「これで黙っていろと。それで牢番の旦那には伊三次さんは気分が悪いと言うように、脅されやした」

「くそっ」

左内が思わず切歯《せっし》した。

磯吉というのは殺し屋に違いない。恐らく誰かの指図で送り込まれたのだ。左官職は偽装で、正体は不明だ。しかし大鴉の弥蔵の指図とも思えなかった。大般若長光の

強奪計画も、伊三次が言ったように彼らだけの思案なのか、それとも弥蔵の差し金なのか、これからじっくり聞き出すつもりだった。伊三次に何もかも喋られては困る輩が、どこかにいるに違いない。それが何者なのか、伊三次は御金蔵破りをしたことをはっきり否定していたのだ。

左内の気持ちもそっちに傾きつつあった。

(これにゃ相当の悪が絡んでるぜ)

しかし現状は五里霧中《ごりむちゅう》なのである。

九

浜路と妻八は蕎麦屋《そばや》の二階へ上がると、階段を駆け上がって来た小女に、酒と五目蕎麦を頼んだ。そうして二人は衝立で囲ったなかで向き合った。共に照れ臭いような笑みを浮かべている。

すると間を置かずして、お雀が上がって来て二人の近くの衝立のなかに入り、さり気なく彼らの様子を窺った。

浜路という女に興味を持ち、お雀が酸漿長屋の近くをぶらついていると、勉学を終えた寺子たちが元気に出て来た。そのなかに左内の倅がいるはずだが、お雀は顔を知らないからどの子が坊太郎かわからなかった。ややあって外着《そとぎ》に着替えた浜路が妻八の家の前に立ち、「妻八さん」と声を掛けた。妻八がにこやかな顔で現れ、二人は連れ立って長屋を出て行った。約束が出来ていたのだ。

二人は親しくないはずだと左内から聞いていたから、お雀は意外な思いがした。それでこうして、蕎麦屋まで後をつけてきたのである。

（こうなったらとことん二人のことを調べてやるわ。わけあり女に見張り役でしょ、一緒に蕎麦なんか食べたらいけないのよ）

お雀は店に入るなり酒と天ぷら蕎麦を注文したから、先に小女が運んで来た。さらに別の小女が二人へ注文のものを運んで来る。

「寺子たちはどうでござんすね、師匠の言うことをおとなしく聞きやすかい」

「いいえ、聞く耳持ちませんわ。勝手にお喋りをして、言い争いはしょっちゅうですの」

「まっ、子供が元気なのは何よりですけど」

不意に浜路の口調が変わった。

「妻八さん」

「へい」

「あなたはわたくしを見張ってますね」

妻八が絶句した。

お雀も驚きで、蕎麦が喉《のど》に詰まりそうになった。

（知ってたの？　わかってたってこと？　どういうことよ。なんだか面白くなってきたわねえ）

それでも箸《はし》を持つ手は離さない。

「な、何をおっしゃるかと思えば。それを言うためにあっしを誘ったんですかい。かんざしのお礼だなんて嘘なんですか」

浜路は無言で妻八を見ている。

「あっしが浜路さんを見張るとはどういうことなんですか。そんなつもりはこれっぽっちもございんせんぜ。どうしてそんなことを言われるのか、ちゃんと説明して下さいよ」

不必要に饒舌《じょうぜつ》だ。虚を衝《つ》かれ、妻八は狼狽《ろうばい》しているのだ。

「妻八さん、わたくしの目は節穴ではございませんのよ」

「いつあっしがそんなことをしやしたね。浜路さんの家の戸に張りついて、耳をくっつけていたとか。でえちなんだってあっしが浜路さんを見張らなきゃならねえんで」

「あなたが何者かの廻《まわ》し者だからです」

「そりゃいってえ誰なんで」

「さあ、わかっておいでのはずですけど」

「わかりやせんね、さっぱりわからねえや。おめえさんは誰かに見張られるようなお人なんですかい。あっしをお上の人間か何かとお疑いなんですね」

「あなたは役人ではありません」

「それじゃあっしの正体はなんなんで」

「それはわたくしも知りたいところですわ」

　妻八は立て続けに酒を飲み、

「今日はとんだ日になっちまいやしたね。こんな疑いをかけられるとは思ってもいやせんでしたぜ」

「でもよいのです。見張られても一向に構いません。わたくしの方に疚《やま》しいことは何ひとつないのですから」

「ちょっと、浜路さん、決めつけんのはよしにしやしょうよ。本当にあっしは見張ってなんか」

　浜路は謎めいた笑みを浮かべ、

「わたくしは元御家人の娘で、すでにふた親を亡くし、今はこうして身過ぎ世過ぎで寺子屋を営んでおります。嫁いだことは一度もなく、表も裏もありませんのよ」

「参ったな」

妻八がまた酒を飲む。

浜路もそれにつき合って、

「でも大掛かりなのですね」

「なんのこって？」

「飾り職になりすまし、おなじ長屋に越して来て、わたくしに近づいて様子を探る。時にはかんざしを下さったりもする。誰の差し金なんですの」

妻八が黙り込む。

お雀はわくわくしてきた。

（あたしの読みに的外れはないのね、大したものだわ。それにしてもどうなっちゃうのかしら、この二人は）

十

お雀は文六長屋に帰って来るなり、あっとなって慌てた。

家のなかに左内が上がり込み、勝手に茶を淹《い》れて飲んでいたのだ。

「旦那、いつ来たんですか」

「とんでもねえことが持ち上がってよ、そうなるってえと行く所はここしかねえやな」

「何があったの」

座敷へ上がるお雀に、左内は茶を淹れてやり、

「どこ行ってたんだ、おめえ」

「それはいいから、旦那の方が先よ」

「伊三次がぶっ殺された」

「ええっ、どうして」

お雀は息を呑む。

「刺客《しかく》を送り込まれたんだ」

磯吉という左官職に化けた刺客に、伊三次が仮牢で仕留められた一件を語り、

「それでおめえにお知恵を拝借しようと思って来たのさ。こいつをどう見るよ、お雀」

「どうもこうもないわよ」

「あん？」

「どこかにとてつもない大きな力が働いてるんじゃない」

「大きな力だと？　大鴉の弥蔵の仕業じゃねえんだな」

「違うわ、そんな仲間割れなんかじゃない」

「じゃなんなんだ」

「御金蔵破りなんかしてないって言ったんでしょ、伊三次は」

「ああ、確かにそう言った」

「きっとそれって本当なのよ。やっぱり御金蔵破りなんてなかったのよ」

「だったら三千両はどこに消えた」

「そこなのよ、問題は」

「早く言えよ」

「一味の仕業に見せかけて、三千両は誰かのふところに収まった」

「じれってえなあ、誰かって誰でえ」

「それがこたびの黒幕ね。つまりお武家よ」

「どんなさむれえだ」

「うふっ、そう先を急がせないでよ。それはこれからだわ」

「勿体つけやがって」

「あたし、どこ行ってたと思う」

「知るかよ」

「酸漿長屋」

「なんだと」

「そこから浜路って人が、妻八と仲良く連れ立って蕎麦屋へ行くのをつけたの。いい感じだったわよ、お二人さん」

「妻八は嘘をついてやがったんだな」

「そうね、でもあながち嘘でもないような。二人して出掛けるのは初めてだったみたい」

「どんな話をしていた」

「浜路さんが妻八に、あたしを見張ってるわねって言ったの」

「げっ、そいつぁ聞き捨てならねえな。妻八はどうしたい」

「しらを切ってたけど、かなりうろたえてたわ。見抜いていたのよ、浜路さん」

「それで、妻八は認めたのか」

「ううん、最後まで認めなかった。それに浜路さん、妻八のことを役人じゃないとも言ってた」

「じゃどういう筋の男なんだ」

「謎なのよ、それが。でもあたしの睨んだ通りになったでしょ。妻八が見張り役だってこと」

「ああ、おめえはてえした娘だぜ。だからおれが一目も二目も置いてんじゃねえか。けど浜路の件と大鴉一味は関《かか》わりあるめえ」

お雀は黙って茶を飲む。

「どうなんだ」

「だから前にも言ったでしょ、大鴉一味にいた女の話」

「それが浜路だってのか」

「証拠は何もないのよ」

「おめえな、そこまで言うと教祖様になれるぜ。みんなおめえの言うこた信じちまわあ」

「神懸《かみが》かりってこと？」

「大儲けが出来るかも知れねえ」

「うふっ、それはさておき困ったわねえ、何ひとつ解決出来ないんだから」

「ああ、困ったものよ」

「ねっ、旦那、今まで通り過ぎたなかで、誰かのこと見落としてない？」

「誰のことを言ってるんだ」

「あいつよ、あいつ。あたし、最初っから怪しいと思ってたの」

左内がぐっとお雀に見入った。

「見当もつかねえな、そいつぁ誰なんだ」

十一

中里加茂助が伝奏屋敷のお役を終え、表門から出て来た。

お城勤めではないから、中里は肩衣半袴《かたぎぬはんばかま》ではなく、羽織袴に佩刀《はいとう》した姿だ。

いつもの道筋を辿《たど》り、道三橋に差しかかったところで、中里はぎくっとなって歩を止めた。行く先に左内がぶらついて待っていたのだ。

「こ、これは布引殿」

ゆっくりと歩み寄った。

「ちょっとつき合ってくれねえか」

左内がずんずん歩を運び、中里は慌てたようについて来る。

「あっ、いや、その節は大変お世話をかけました。こうして首がつながっているのも布引殿のお蔭《かげ》です。足を向けて寝てておりませんから」

「誰にも怪しまれてねえかな」

左内が背中で言う。

「はい、これまで通りつつがなく」

「そいつぁよかった」

「なんですか、今日は。まだ何かわたしに」

「肝心な話を聞き忘れてたんだ」

「どんなことでしょう」

中里の表情に不安がよぎる。

左内は黙々と歩を進め、中里をしたがえて空地へやって来た。武家屋敷の跡地だ。人影はなく、日暮れが近いからなんとなくうす暗い。早くも蝙蝠《こうもり》の群れが飛んでいる。

「おれもよ、うっかりしてたんだ」

「なんのことです」

「おめえに橋蔵こと伊三次が近づいて来た時の話よ」

中里の顔に翳りが差した。

「奴ははなっから盗っ人だと正体を明かしたと、おめえは言ったよな」

「は、はい、確かに」

「嘘だろ、そいつぁ」

　中里は動揺する。

「どうして嘘なんか。わたしを信じてくれないんですか。今頃になって何を言いだすんです」

「尋常に考えて、伝奏屋敷番の身に盗っ人が盗っ人と言って近づくか。それを受け入れるものかよ」

「ですから金に目が眩《くら》んで。あの時は遊ぶ金が欲しかったんです。そのお蔭で随分いい思いもしました」

「こつこつとな、おめえが遊んだ道筋を辿ってみたんだ」

　中里は口を噤《つぐ》む。

「そうしたらおめえ、とんでもねえことがわかった。おめえは伊三次から十両貰ってと言ってたが、それじゃ済まねえだろ。若え身空で町場に女を囲ってんじゃねえか。しかもその関係はまだつづいてらあ。月々幾らお手当てを払ってんだ」

「布引殿、後生ですからそれ以上のことは」

「伊三次は死んだぜ」

「えっ」

中里が驚愕《きょうがく》する。

「奉行所のお牢んなかで、刺客に命を奪われたんだ」

「……」

「おめえもそうならなきゃいいがな」

「布引殿、わたしは盗っ人の仲間じゃありませんよ」

「女を囲ってるってことは、相当の金を伊三次から貰ったに違えねえ。十両どころじゃねえことは確かだ。正直に言ってみろ」

「……」

「この野郎、おれを舐《な》めてんのか」

左内が恫喝《どうかつ》した。

中里は震え上がって白状する。

「実は五十両でした。女の手当ては月に一両とちょっとです」

「ほら見ろ、おれの睨みに外れはねえんだ」

お雀の睨みが真相なのだが。

「てことはあれか、五十両分の働きをしたってことだな」

「いえ、それは違います。奴らの狙いはあくまで大般若長光で、そのほかの要求はありませんでした。本当です」

「伊三次とはどこで会っていた」

中里が言い淀《よど》んでいるので、左内が胸ぐらを取った。

「この野郎」

「言います、言います」

「とっとと言え」

伝通院《でんずういん》の近くに浄林寺《じょうりんじ》という無住寺があります。そこに招かれて伊三次と密談を」

「ほかに誰もいなかったのか」

「おりました」

「どんな奴だ」

「……」

「絞め殺すぞ」

「弥蔵という人です」

左内がかっと目を見開いた。

「弥蔵がいたってか」

「はい、その人が差配を。どうやら伊三次の上に立つ人のようでした」

「馬鹿野郎、そいつこそが大鴉の頭なんじゃねえか」

「ええっ、そうだったんですか」

「それからどうした」

「弥蔵から大般若長光を手に入れたいと、頼まれました。五十両はその時弥蔵から貰ったんです」

大般若長光の強奪に関し、伊三次一人の考えでと言っていたが、頭の弥蔵が嚙んでいたのだ。

「上等だぜ。すっかり盗っ人の手先だな、おめえは」

「そんな言い方はしないで下さい」

「ほかになんかねえか。一味の手掛かりだ」

「二人でひそひそと話してるのが耳に入りました。ちらっと聞こえたのは、法華《ほっけ》長屋という長屋の名前です」

「なんだ、そりゃ。どこの長屋なんだ」

「知りません、わたしには何もわからないんです」

「まだほかにねえか、知ってることはみんな言っちまえよ」

左内が迫ると、中里が突然「うわっ」と呻《うめ》き声を上げた。飛来した手裏剣《しゆりけん》が中里の喉に突き刺さったのだ。真紅の血汐《ちしお》が噴き出す。

とっさに左内が身を伏せ、鋭く辺りを見廻すと、暮れなずむ彼方《かなた》を黒い影が逃げて行くのが見えた。

「あっ、くそっ。おい、しっかりしろ」

烈しく揺さぶるも、中里はすでにこと切れている。

左内は猛然と黒い影を追った。

人通りのない武家地を影はひたすら逃走して行く。海鼠塀《なまこべい》を幾つか曲がり、さらに突き進もうとした左内の眼前に、白刃が兇暴に閃《ひらめ》いた。

影が居直り、左内と対峙《たいじ》した。黒頭巾《くろずきん》に着流しの浪人体《ろうにんてい》だ。顔立ちは皆目わからない。

「おめえ、何者だ。誰の指図で動いている」

黒頭巾は一切口を利かず、正眼に構えた刀を大上段にふり被《かぶ》った。

やむなく左内も刀を抜き合わせ、下段に構える。

息苦しいような間があった。

再び襲撃があって左内がだだっと後ずさると、それを汐に黒頭巾は身をひるがえした。

「待ちやがれ」

手探りしたいような暗黒の道を、左内はどこまでも追って行った。

第四章　大盗の正体

一

居酒屋『放れ駒』へ入って来るなり、布引左内《ぬのびきさない》は目を丸くして驚いた。

いつも閑散とした店が大賑《おおにぎ》わいなのだ。客層は町人階級ばかりだが、柄の悪いのはおらず、お勝《かつ》が嬉々《きき》として切り盛りしている。

「おい、どうしたことだ、店を間違えたと思ったぜ、お勝」

お勝は満面の笑みを浮かべ、

「左内ちゃん、あんたのお蔭《かげ》さね」

「おれぁ何もしてねえぜ」

お勝が声を落とし、

「あんたが店賃《たなちん》を肩代りしてくれた次の日から、どうしたわけか客が押すな押すなんだよ。あの日を界《さかい》にして悪いつきが落ちたみたいだねえ」

「そりゃよかったな。だったらおれぁ当分払わなくていいよな」

「そうはゆかないわよ、お代はお代なんだもの。そういうけちなこと言うと男が廃《すた》るよ」

「けっ、この強突張《ごうつくば》りめえ」

「なんだって」

「その代り肴《さかな》は極上のを出せよ。蛸《たこ》はねえのか、蛸は」

「あるけど共食いになっちまうだろう」

「どうしておれが蛸なんだ」

「あら、違う、馬だったね」

「やかましい」

お勝が目で合図して、奥をうながし、

「音松《おとまつ》さんがお待ちかねだよ」

「おっ、そうか」

左内が奥の小上がりへ行くと、暦売《こよみう》りで手先を務める音松が独酌《どくしゃく》で酒を舐《な》めていて、左内を見て座り直した。

「こりゃ旦那《だんな》、今日もお寒うござんすねえ」

「江戸の冬は格別だからよ、風邪《かぜ》引くなよ」

「へえ」

お勝が酒肴《しゆこう》の膳《ぜん》を運んで来た。酒は剣菱《けんびし》、肴は蛸のぶつ切りだ。

「ここはいいから向こうへ行ってろ」

「これを汐《しお》に仲直りしようね、左内ちゃん」

「何をこきやがる、幼馴染《おさななじ》みのおめえとは元々仲良しじゃねえか」

「そうだね、お姫様ごっこした仲だものね」

「早くあっちへ行け」

お勝が笑いながら去る。

「旦那、なんですか、お姫様ごっこって」

「そいつぁな、お勝のお姫様がご病気んなってよ、おいらが御典医《ごてんい》になるんだ」

「それでどうするんです」

「医者のおいらがお姫様の着物の前をそおっと開いてよ。あ、こら、何を言わせやがる」

「今でもお勝さんとやってたりしていて」

「やってねえよ、あんなくそ婆《ばば》ぁと」

左内は一杯ひっかけ、音松に真顔を据え、

「どうだった、法華《ほっけ》長屋は」

大鴉《おおがらす》の弥《や》蔵《ぞう》と伊三次の密談から法華長屋の名が出て、音松に調べさせたのだ。

「法華長屋なんて聞くと如何《いか》にもそこらじゅうにありそうじゃねえですか。ところがあにはからんや、江戸にゃ十でござんした」

「それでも十もあるのか」

「聞いて下せえやし、その十を調べるってえと、三つは潰《つぶ》れてもうありやせんでした。後の二つは取り壊してる最中で、誰《だれ》も住んじゃおりやせん」

「残るは五つだな」

「へえ、どれも浅草《あさくさ》、本所、両国《りょうごく》と、近え所に固まっておりやす」

「明日からしらみ潰しにしてこうぜ」

「一味の片割れが住んでるかも知れねえと」

「そうだ、それを手分けして探すんだ。奴《やつ》らは伊三次が鋳掛屋《いかけや》をやってたみてえに、もっともらしくなりすましてっから気をつけねえといけねえ」

「伊三次殺しの野郎も左官に化けてやがったんですよね」

「ああ、油断も隙《すき》もありゃしねえぜ」

「浄林寺ってえ無住寺はどうでやんしたか」

二人は常に情報の共有化を図っていた。

「そもそも浄林寺の住職ってな、借金こさえて夜逃げしたらしいんだよなあ。寺にへえってみたが、おんぼろで鼠公《ねずこう》が大勢で住んでいやがった。誰もいねえし、人のいた痕跡《こんせき》もねえのさ。近くのもんに聞いても、怪しい奴なんざ一度も見てねえと言う。弥蔵と伊三次がそこを使ったな、一回こっきりなんじゃねえのか」

「けど旦那、弥蔵がいたってことがわかっただけでも上首尾《じょうしゅび》じゃねえですか。どっかで息を潜めてるんですぜ」

「そりゃそうだが、弥蔵が何を考えてどんな指図を出してんのか、そこが見えてこねえからもどかしいったらありゃしねえやな」

「まっ、焦らずやりやしょう」

「いや、焦らなくちゃいけねえんだ」

「へっ？」

「三千両が戻ってこねえうちは、こちとら枕《まくら》を高くして寝らんねえよ」

「あんまり深入りすると殺し屋に命を狙《ねら》われやすぜ」

脅すような口ぶりで音松は言う。

「その殺し屋をよ、誰が雇っているのかも気になってならねえんだよなあ」

左内はきゅっと酒を飲み干して、

「くそっ、負けてたまるかってんだ」

八丁堀同心の気骨を見せた。

二

お雀《すず》は浜路《はまじ》と妻八《つまはち》の関係が興味深く思えてならず、居ても立ってもいられなくなり、勝手に本所から八丁堀へやって来て酸漿長屋の近くで張込んでいた。

張込みの手段は、酸漿長屋がよく見える煎餅屋《せんべいや》の店内に入り込み、そこから見張るのである。

煎餅屋は『金星屋《きんぼしや》』といい、権十《ごんじゅう》という爺《じい》さんが一人で煎餅を焼き、売っていた。

幸いお雀は煎餅好きだったから、煎餅に関する蘊蓄《うんちく》を持っており、金星屋の煎餅は上等の味だと言って権十を喜ばせ、彼をすっかり取込んだ。お雀の言う味に嘘《うそ》はなかった。

金星屋なる屋号のいわれを聞いたが、権十は憶《おぼ》えていないと言った。恐らく子供に受けるように考案されたのに違いない。

煎餅はこの頃《ころ》から庶民に愛される干菓子《ひがし》の一種で、小麦粉に砂糖、玉子などを加えて焼いた瓦《かわら》煎餅と、米粉をこねてうすく伸ばし、醤油《しょうゆ》や塩をつけて焼いた塩煎餅とがあるが、権十の所はもっぱら塩煎餅である。

最初の日に権十から身の上を聞かれ、過去に無法者に旅籠《はたご》の二階から投げ落とされ、それが元で足を悪くしたのだと、お雀は正直に打ち明けた。その際の父親の死までは、告白しなかった。

すると権十はすっかり同情し、独り暮らしの気安さもあってか、いつでも来いと言ってくれた。二人は気が合うのである。

浜路も妻八も家にいて動きがない時は、お雀は日がな一日、煎餅屋でとぐろを巻いた。

飯は権十から金を貰《もら》ってお雀が買い出しに行き、煮《に》炊きもし、権十と一緒に食べた。

権十の手が空かない時は、お雀が店頭に出て煎餅を売ることもあった。

そんなお雀を権十は、

「まったくよう、おめえは風来坊《ふうらいぼう》みてえな娘だぜ」

と言って喜んだ。

客はおかみさんや子供がほとんどだが、たまに若い男が来てお雀にちょっかいを出したりすると、すぐに権十が怕《こわ》い顔を造り、孫娘を守る爺さんのようになって追い払った。

お雀が権十の身の上を聞くと、若い頃から女出入りが絶えず、そっち方面が忙しくて身を固めることを忘れ、気がついたら六十を過ぎていたと言うから、お雀は大笑いした。

割れた鬼瓦《おにがわら》のような顔の権十が、とても女から引く手あまたとは思えなかったからだ。

その日の昼になって、浜路の寺子屋から寺子たちが賑やかに出て来た。彼らは昼飯を食べに一旦《いったん》家へ戻るのだ。

それまで待てない二人の寺子が、店先に立った。どちらも武家の子だ。権十は煎餅を焼いていて手が離せないので、お雀が応対に出た。

寺子の二人はその場で食べると言い、塩煎餅を所望した。お雀が煎餅を紙に包んで手渡すと、二人はきちんと銭を払い、早速表で立ったまま齧《かじ》り始めた。

店のなかへ戻るお雀の耳に、「坊太郎」と呼ぶ連れの寺子の声が聞こえた。

(坊太郎だって? 布引旦那の子じゃないのさ)

お雀は躰《からだ》の向きを変え、坊太郎と呼ばれた子にじっくりと見入った。

坊太郎はきょとんとしている。

（似てないわねえ、本当にこの子が旦那の倅《せがれ》なのかしら）

「ねっ、あんたのお父《と》っつぁんて、定廻《じょうまわ》りのお役人じゃない？」

坊太郎はこくっとうなずき、

「父は布引左内と申します」

お雀がたちまち破顔した。

「あらあ、間違いないわ」

「父を知っているのですか」

「うん、知ってるわよ」

「ではあなたは罪人だったのですね」

「違うわよ、どうしてそう思うの。ああ、そうか、父上のお役がお役だものねえ、知り合いと聞いたらみんな罪人てことになっちまうんだ」

「そんなに悪い人には見えませんね」

「やめてよ、あたしはそんな手合いじゃないんだから。これでもね、布引の旦那の手伝いをしているのよ」

「ここで誰かを見張っているとか」

なんて頭の廻る子なんだろうと思いながらも、お雀はここにいるわけを知られたく

ないから、

「そうじゃないわ、ここの権十の父っつぁんとあたしが仲良しなの」

「ははあ」

「面白い子ね、あんたって。名前当ててみようか、知ってるんだ、坊太郎ちゃんでしょ」

坊太郎に驚きはなく、

「父上はわたしのことをどんな風に言っているのですか」

「うん、いつも自慢してるわよ、利発でいい子だって。あんたと会うのは初めてだけど、あたしもそう思う」

坊太郎は頭を掻《か》いて、

「いやいやいや、照れ臭いですなあ」

「何よ、その言い方」

「父上の受売りです」

お雀は失笑して、

「さあ、帰ってお昼ご飯食べておいでよ。おっ母《か》さんがお屋敷で待ってるんじゃないの」

「本日母はおりません。父はもちろんお役ですから、一人で食べるように言われております。母が用意してくれてあるのです」

「あ、そっか、おっ母さんも働いてるんだものねえ」

「そうです、琴を教えに行ってます」

「ご飯の支度出来るの？」

「馴れてますから」

坊太郎は仲間の寺子と行きかけ、ふり返って、

「あなたのお名前は」

「雀と書いてすずと読ませるの」

「お雀さん、よい名ですね」

「ありがと」

坊太郎は寺子と立ち去った。

（ふうん、しっかりしてるわ。あれなら大丈夫ね。きっと親の教えがいいんだわ。船に乗ってよその国にも行けるわよ）

お雀が坊太郎を見送って店のなかへ入ろうとすると、油障子《あぶらしょうじ》が開いて妻八が家から出て来た。金星屋の前を足早に通り過ぎて行く。

「ねっ、権十さん、今日は帰るわね」

「ああ、またお出《い》で」

権十の声を背中で聞きながら、お雀は杖《つえ》を突いて妻八の尾行を始めた。足が不自由だから、尾行は苦手なのだが。

三

左内は音松と行動を共にし、途中で昼飯を挟みながら、幾つかの法華長屋を調べ歩いていた。

しかしどこも尋常な住人ばかりで、左内の五感にひっかかるものはなかった。似たりよったりの貧乏長屋で、子沢山《こだくさん》であり、零細《れいさい》な生業《なりわい》に就《つ》きながらも、住人たちは懸命に生きていた。犯科人《はんかにん》などはいないのである。

最後の西両国米沢町《よねざわちょう》一丁目の法華長屋に来た時は、左内は一人になっていた。日が西に傾き始め、音松が本業に戻りたいと言ったからだ。

左内がこっちが本業ではないのかと茶々を入れると、音松は勘弁して下せえと言って別れて行った。大晦日《おおみそか》が近づくにつれて暦がよく売れてきて、そっちが忙しいのは当然のことだった。

長屋の近くに大家が一軒構えていて、そこを訪ね、住人台帳を見せて貰った。奥でかみさんらしいのが三味線《しやみせん》を弾《ひ》き、端唄《はうた》の稽古《けいこ》をしている。

ここの法華長屋には六軒が建ち並び、空家はなく、すべて入居していた。どの家も六帖《じよう》一間に台所と竈《へつつい》がついているだけだ。

まずは住人の生業《なりわい》から見て行く。大工、鳶職《とびしよく》、植木屋、易者《えきしや》、指物師《さしものし》、船頭とあり、それらの者たちの素性《すじよう》を大家に問う。彼らの家族構成や人柄を聞くうち、なぜか左内は鳶職の弥之助《やのすけ》という男に目を留めた。

弥之助、弥蔵という単純な類似から、犯科人が本名を偽《いつわ》る時、そこからもじるものだと左内は思っているからだ。

「どんな男なんだ、弥之助ってな」

左内の問いに、老齢の大家は答える。

「年は三十の半ばかなあ、はっきりはわからねえ。台帳にゃ三十三となっているが、年なんて本当のこと言わないからね」

「まっ、そんなものかも知れねえな」

「弥之さんは独り者で、はなっから家族はいねえ。店賃が滞《とどこお》ったことはないな。仕事が忙しくってしょっちゅう家を明けてるよ。今も留守だろうぜ。人が訪ねて来ることもあまりねえようだ」

長屋へ行き、弥之助の家を確かめると間違いなく不在だった。井戸端で晩飯の支度をしている何人かのかみさんに聞いてみた。

「弥之助はどんな男だい」

左内が問うと、かみさんたちが口々に答える。

苦み走ったいい男。親切でやさしい。酒は家では飲まない。女が訪ねて来たことは一度もない。飯は長屋では炊《た》かず、出先で済ませているらしい。おおむね、弥之助は住人たちに好意を持たれているようだ。

どうやら生活感のない男らしく、もし弥之助が大鴉の弥蔵なら一大事だ。この法華長屋は盗《ぬす》っ人《と》の隠れ宿ということになる。それだけに慎重にならざるを得ない。

(ちょいと張込んでみるかな)

左内はおのれの勘を信じていた。

四

宵《よい》の口《くち》の深川は、そぞろ歩く人波で溢《あふ》れていた。特に八幡様《はちまんさま》の周辺は混み合っている。

そのなかを縫って、妻八は境内《けいだい》の奥へ足早に突き進んで行く。杖を突いての追尾は、お雀にとってはひと苦労だった。八丁堀から深川までなので、ふだんはこんなに歩かないのだ。元より尾行には向かないと思っている。

(どこまで行くのよ、いい加減に正体を見せてよ、妻八さん)

境内の奥深く、杉木立のなかで妻八は人待ち顔で佇《たたず》んでいた。そこは暗くひっそりとしていて、ここまで人は入って来ない。

木の上で鴉が大声を上げて飛び立った。

お雀はその声にびっくりしながら、大樹の陰から妻八をじっと見ていた。妻八が秘密を持った人間であることはこれで間違いないと思った。ただの飾り職ではないのだ。

やがて玉砂利《たまじゃり》を踏む音がして、深編笠《ふかあみがさ》の武士が一人でやって来た。

お雀がすばやく視線を走らせる。

武士の面相や年齢はわからないが、若者ではないと思った。その歩き方から老齢でもなく、壮年のように見える。

それが待ち人らしく、妻八の方が寄って行って腰を低くして武士に何か言っている。武士もまたそれに答えている。まるで下役が上役に報告しているかのようだ。二人とも声を落としているから、会話は聞こえてこない。

武士を見た時からお雀は緊張のしっ放しになり、身じろぎも出来ないでいた。覗《のぞ》き見していることが発覚したら斬《き》られると思い、息が詰まりそうである。

人の秘密を探ることがどうしてこんなに刺激的なのかと、お雀は初体験にうち震える思いだ。

やがて双方が別れた。

妻八は元来た道を去って行く。

武士の正体を見極めたいから、お雀はその尾行を始めた。どこまで尾行をつづけられるか、自信はなかったが無我夢中だった。

武士の歩調がゆっくりなので、お雀はやや助かる思いがする。

未《いま》だかつて、事件探索にここまで首を突っ込んだことはなかったので、お雀はずっと張り詰めていた。いつも家のなかで、左内と事件の推測をしているだけだから、一歩前進という気がした。

(楽しいわ、これが捕物ってものなのね。どうしてもあのお武家の身分を突きとめないといけないのよ。あたしは腕っこきの岡っ引きになれる人なんだわ、きっとそうなのよ)

岡っ引きになろうとは思っていないが、左内の喜ぶ顔が早く見たかった。

五

　お雀が文六長屋に帰って来た時には、すっかり夜の帷《とばり》が下り、長屋の家々では一家団欒《だんらん》が始まっていた。子供の泣き声や大人の笑い声が絶え間ない。

　灯《あか》りが点《つ》いているのでぱっと油障子を開けると、寝転がってお雀を待っていた左内が起き上がった。

「旦那」

　言いかけたお雀が目を丸くする。

　箱膳に飯と鯖《さば》の塩焼き、沢庵《たくわん》が盛りつけてあったのだ。

「飯の支度、してくれたんですか」

「もうけえる頃と思ってな、おれがやったんじゃねえよ、両隣りのかみさんたちが世話を焼いてくれたのさ。いいんだよ、ちゃんと付け届けしてあるから。さあ、少し冷めちまったが食うがいいぜ」

「頂きます」

　お雀が膳に向かうと、左内が茶を淹《い》れてくれた。

　その仕草が馴れているので、お雀は疑問を持って、

「旦那、奥方にもそうやってお世話してるんですか」

口を動かしながら尋ねた。

左内はしかつめらしくうなずき、

「おう、やってるよ。あちら、おれより一段上にいるからな。言い難いんだが奥方は与力の娘なんだ」

「でも婿養子《むこようし》じゃないんでしょ」

「そりゃおめえ、田鶴殿を嫁に貰うに際して三拝九拝《さんぱいきゅうはい》して来て頂いたからよ、こちとらもそれなりに礼を尽くさなくちゃいけねえじゃねえか」

「ふうん、そうなんだ。あ、今日ね、初めて坊太郎ちゃんに会ったわよ。お話もしたの」

「なんでおめえが坊太郎に会うんだ」

「この三日ほど、酸漿長屋の妻八を見張ってたの。あの近くにお煎餅屋さんがあるの知ってる？」

「金星屋だろ、権十って父っつぁんがやってるんだ」

「その父っつぁんとすっかり仲良くなっちまって、時々店番もやるように。そうしたら今日の昼に坊太郎ちゃんが仲間の寺子と一緒に煎餅を買いに来たのよ。旦那の伜だとわかって話しかけたら、ちゃんと答えてくれたわ。とってもいい子だった」

「いやいやいや、照れ臭いですなあ」

「それ、坊太郎ちゃんも言っていた。お父っつぁんの受売りだって」

「あの野郎め」

微苦笑から真顔に切り替えて、

「おめえ、なんだって妻八を見張ることになったんだ。おれぁそんなこと頼んでねえぜ」

「わかってるわ、自分なりの考えでやってることなの。妻八だけじゃなくて浜路さんの見張りも兼ねててね、やっぱりあの二人は目が離せないわよ」

「それで、なんぞ動きはあったか」

「浜路さんの方に変わりはなかったけど、妻八が出掛けたんで深川まで尾行したわ。随分歩かされて大変だった」

「察するに余りあるな。おめえの躰でよくぞやってくれた。で、妻八は深川でどうした」

「深編笠のおさむらいと会ったわよ」

左内がすっと表情を引き締める。

「面《つら》、拝んだか」

「とうとう笠は取らなかった。でもずっとおさむらいの後をつけたわ。屋敷までは突きとめられなかったけど、永代橋《えいたいばし》を渡って日本橋北の方へ入って、浜町河岸《はまちょうがし》の辺りで見失っちゃったの。あの辺、武家屋敷が沢山あって、そのどこかに入ったと思うんだけど……正直言うとあたしもう足がくたくたで、しゃがみ込んじまったのね。気がついたら姿が消えていた。突きとめられなくて御免ね、旦那」

「いいってことよ、おめえとしちゃ最初の尾行だ、初《しょ》っぱなとしちゃ上出来じゃねえか」

労をねぎらっておき、

「おれの方も明日からてえへんなんだ」

「何かわかったのね」

左内がうなずき、弥蔵と伊三次の話に出た法華長屋を幾つか当たるうち、米沢町の法華長屋で当たりを取った件を話し、

「鳶の弥之助って野郎をふん捕まえてえんだよ、どうやらそいつが大鴉の弥蔵じゃねえかとおれぁ睨《にら》んでいる」

「弥蔵が弥之助ならあり得るわね」

左内が得たりとなって、

「おめえもそう思うか」

「偽の名前にはどっかで本名をもじるものなのよ。お父っつぁんの教えね。あたしもそう思っている」

「さすがだな、おめえ、てえしたもんだぜ」

「法華長屋に張りつくんだったら人手がいるんじゃない。手伝おうか？　旦那」

「おめえはもういい、こっから動くんじゃねえぞ。人手はなんとかするからよ」

「足が痛くなってきた」

飯を終えたお雀が甘えた声を出した。

「しょうがねえなあ」

お雀に両足を投げ出させ、左内がやわらかな脹《ふく》ら脛《はぎ》を揉《も》んでやる。白い肌がぷりんぷりんしている。

「どうだ」

「気持ちいいわ」

「おめえのお父っつぁんの代りだな」

「うふっ、あたしも娘に戻ったつもり」

左内が急に黙り込んで手を引っ込め、揉むのをやめた。

「どうしたの」

「い、いや、なんでもねえ、もういいだろ」

「うん、そうね」

左内が妙にぎこちない。

お雀はそれに気づかず、

「あのね、旦那、坊太郎ちゃんにあたしの名前教えちゃったわ。いいわよね、別に。あの子はとてもいい子よ」

「うん、おれに似やがってな」

「どこが。顔立ちいいわよ、あの子」

「何をほざきやがる、この野郎」

お雀が笑い、左内も腹を揺すった。

（危ねえとこだったな）

左内がそっと胸を撫《な》で下ろした。近頃どうにもお雀に女を感じてならない。足を揉んでいるうちにむらむらときて、それでやめたのだが、今後、ゆめゆめ、決して肌になど触れてはならないとおのれを戒《いまし》めた。

六

米沢町法華長屋の見張りは、左内が手配《てくば》りをした。

音松に頼み、似たような売り商いの何人かに声を掛けさせ、手の空いている者たちを揃《そろ》えて交替で見張らせることにした。

法華長屋の近くに石切場があり、そこを見張り役たちの拠点とした。石切場には石《いし》工《く》たちの休む小屋があり、雨露を凌《しの》げるのだ。石屋の親方へは左内が話をつけた。

弥之助はずっと帰っていないようだが、かならず戻ると左内は踏んでいた。伝奏屋《てんそうや》敷番《しきばん》の中里加茂助《なかざとかもすけ》が生きていたら、首実検《くびじっけん》をさせるところだが、残念でならない。

左内はといえば、朝から浜町河岸をぶらついていた。手掛かりはなくとも、妻八とひそかに会った武士がいて、この辺りで消えたことは確かなのだから、犬も歩けば棒に当たるを信じた。お雀の努力に報いてやりたい気持ちもあった。

定廻りの仕事とはこうしたものなのだ。

上役、同役に知らせることなく、役所にはたまにしか出仕せず、仕事場はあくまで巷《ちまた》であり、犯科を追って日がな一日町から町をほっつき歩く。

左内がどんな考えに基づき、何をやっているのか、誰も知る由《よし》もない。

掛かりの費用はすべて左内持ちで、役所から鐚一文《びたいちもん》出るはずもなかった。そういう金は黒紋屋の五郎十のような悪党からせしめた悪銭を流用している。残金はまだたっぷりあり、底をつけばまたどこかの悪党から奪い取ればよいのだ。金は天下の廻りものであり、汚れた金をどう使おうが左内の胸ひとつだ。

大鴉一味を暴くためゆえ、天の神も許してくれるだろうと、左内は勝手に思っている。だが田鶴や坊太郎にこのことを知られたくないから、常に細心の注意を払っている。二つの顔を持って生きるのは大変なのである。

浜町河岸は大川を前にして、武家屋敷が密集していた。大中小の藩邸に旗本、御家人の屋敷群がひしめき、ちょっと足を伸ばせば両国の盛り場なので、人通りは多い。それに米沢町の法華長屋も近いのだ。

武士や武家奉公人らとすれ違うも、左内の五感に訴えてくる輩《やから》はいない。元より雲をつかむような話だから期待半分だったが、心の底ではなんとか僥倖《ぎょうこう》を得られたいものと願っていた。

薬研堀の近くに来て、ふっと左内の歩が止まった。

ある屋敷の裏門辺りのところで、邸内から女の啜《すす》り泣く声が聞こえたのだ。こんな昼間から房事《ぼうじ》なのか、それとも折檻《せっかん》でも受けているのか。糸を引くような女の声が気に掛かった。どこかに淫猥《いんわい》な響きもあるのだ。

御家人の小屋敷が軒を連ねるなかで、その屋敷は千坪はあろうかと思われ、他を圧していた。

女の泣き声以外はどこにも不審はないが、左内独特の勘とでも言おうか、屋敷の上空に黒雲でも漂っているかのように感じられたのだ。それがひっかかってならない。

歩いて来た中間《ちゅうげん》に屋敷の主《あるじ》を聞いてみた。

「お先手鉄砲頭蜷川将監《さきてのてっぽうがしらにながわしょうげん》様のお屋敷でございますよ」

「……」

中間と別れて歩きだし、左内は考えに耽《ふけ》った。

お先手鉄砲組は、勇猛で知られる幕府の尖鋭《せんえい》部隊だ。それを束ねる蜷川将監は当初御金蔵《ごきんぞう》破りを追っていた男で、千五百石取りの大身《たいしん》旗本である。蜷川は目付方《めつけかた》と手柄を競い合った末に、事件から手を引いた。それがめぐりめぐって町方が受持つことになった。

こんなところで蜷川将監の名が出てくるとは思ってもいなかったので、左内は不思議な思いがした。

蜷川と妻八がつながっているとすれば、どういうことになるのか。お雀が推測したように妻八の正体は武士で、蜷川の家来なのか。深川八幡で会っていた謎《なぞ》の武士も蜷川の家来なら、妻八からなんらかの報告を受けていたことになる。ならば妻八の狙いはやはり浜路なのか。果たして浜路は弥蔵の情婦なのであろうか。

それもお雀が言っていたことで、本当ならすべては彼女が推測した通りということになる。もしそうであれば、お雀は恐れ入った慧眼《けいがん》の持ち主ではないか。

（うぬっ、お雀の奴め……）

小娘に負けまいと、闘魂《とうこん》が湧《わ》いてきた。

七

石切場まで足を伸ばすと、小屋には音松と仲間二人の売り商いがいて、法華長屋を見張っていた。

たそがれて辺りはうす暗くなっている。

左内が近づいて行き、音松に状況を聞く。

音松は仲間の二人を左内に引き合わせておき、

「弥之助はやはりけえっちゃ来やせんぜ、旦那。このままどっかへずらかっちまったんじゃねえんですかね」

「そんなはずはねえ。見張りに気づいたんならともかく、何も知らなきゃ戻って来るさ。弥之助が表向きとして鳶をやってんなら、仕事で遠出をしたってことも考えられらあ」

その時、売り商いの一人が切迫した顔になり、左内に長屋の方を指した。

男がこっちに背を向け、長屋の路地へ入って行く。

左内と三人は思わず息を詰めて見守った。

井戸端で晩飯の支度をしていたかみさんの一人が「おや、弥之さん」と言う声が聞こえた。

「行くぜ」

左内が鋭い声で言い、三人をしたがえて長屋へ向かった。

男はすぐにそれに気づき、こっちへ険《けわ》しい表情で見返った。三十半ばで色浅黒く、苦み走った面構えをしている。

「大鴉の弥蔵だな」

左内が十手を突き出して極《き》めつけると、男は否定も肯定もせずにじりっと後ずさり、やおら身をひるがえした。

左内と三人が猛然と追う。

男は路地から路地を逃げるも、やがて袋小路に追い詰められた。

左内が油断なく近づいて行く。

「やい、神妙にしねえか。もう逃げられねえぞ」

すると男は不敵に笑った。と思いきや、家の板壁に手を掛けてするすると身軽によじ登った。一瞬の早業だ。次に男は家の屋根に這《は》い上がり、すっくと立ってそこから四人を見下ろした。

「弥蔵だな、てめえ」

左内が確認すると、男はふてぶてしい表情になり、

「どこの役人か知らねえがよくここがわかったな。おうともよ、おれが大鴉の弥蔵だぜ」

「てめえ、でえそれたことしやがって。おとなしく縄目を受けねえか」

「おきやがれ、あばよ」

屋根の向こうにぱーんと弥蔵の姿が消えた。

四人が散らばって追跡する。

左内は家から家を駆け抜け、勘をつけて路地に飛び込んだ。

弥蔵の影が土塀の上を走って行く。

左内は執拗《しつよう》に追う。音松ら三人の姿は見えない。

雑草が生い茂《しげ》った空地へ来た。

すると左内の背後から弥蔵がすばやく近づき、躰を密着させて首に匕首《あいくち》を突きつけた。

「動くんじゃねえ」

左内は動きを止め、弥蔵とおなじように不敵な笑みを浮かべる。

「やるな、おめえ。てえした度胸だ」

「さっき妙なこと言ったな、でえそれたこととはいってえなんのこった」

「おめえはでえそれたことをしたんだ。江戸城御金蔵を破って三千両の金をぶん取った。違うか」

「そんな話が耳にへえっちゃいたが、役人のおめえさんに言われるとがつんとくるぜ。おれぁ御金蔵破りなんざしてねえんだ」

「じゃ誰の仕業《しわざ》だってんだ」

「知るか。どうしてそういうことになってるんだ。どこの誰がそう言っている」

匕首が首に食い込んだ。

「待て、落ち着け。人を疵《きず》つけねえのが大鴉の弥蔵だろ。ここでおれの血を流したら名めえが泣くぜ」

弥蔵はやや手を弛《ゆる》め、

「おめえさん、名乗りな」

「北町の布引左内」

「左内の旦那、心はあるのか」

「なんだと」

「心のある役人かって聞いてるんだ」

「心はあるつもりだぜ。赤い血だって流れてらあ」

「それじゃよっく聞け。御金蔵破りはおれの仕業じゃねえ。こいつぁ謀《はか》られたと思いな」

「誰の謀《はかりごと》なんだ」

「おれに聞くな」

「おい、弥蔵、おれぁ聞く耳持ってるつもりだ。事細かに話してみろ」

「やかましい。今日出くわしたおめえさんに心を開けるかよ」

「まっ、そりゃそうだが、おめえが心のある役人かって聞くから、こっちもそれ相応に答えてるんじゃねえか。どっかで二人で話そうぜ」

「そんな必要はねえ」

弥蔵が退却を始め、左内がその隙を衝《つ》いて動きかけた。

もうその時には弥蔵はかなり離れていて、

「旦那、言っとくがよ、世の中にゃおれなんぞよりもっと悪い奴がいるんだぜ。そいつを忘れねえで貰いてえな」

「悪い奴の心当たりがあるんだな、弥蔵」

それには答えず、弥蔵が姿を消した。

左内が追いかかると、横合いから飛び出して来た音松らが合流した。

「間違いねえ、奴が大鴉の弥蔵だ」

左内が怒号し、四人は遮二無二《しゃにむに》追跡して行った。

さーっと雨が降ってきた。

八

氷雨《ひさめ》が本降りになった。

寝静まった酸漿長屋のなかで、灯のついているのは浜路と妻八の家だけだった。

その妻八も仕事をしているわけではなく、独りでひっそりと酒を飲んでいた。何を思案してか、彼の表情には苦悩が浮かんでいる。

油障子に人影が差した。

妻八はすぐそれに気づき、立って土間へ下り、油障子を開けた。

浜路がうつむいて立っていた。

「こりゃ先生、どうなさいやした」

「ええ、あの……」

浜路はちょっと言い淀《よど》み、座敷の方を見やって、

「お酒を？」

「へえ、暖《あ》ったまろうかと思いやして」

浜路は黙っている。

「あっしになんぞ？」

「……」

「よかったら一緒にやりやすかい」

浜路が微《かす》かに表情を和《なご》ませた。

妻八は身を引いて浜路を招じ入れ、座敷へ誘って共に座し、向き合った。すぐに盃《さかずき》を取り、浜路に持たせて酌をしてやる。

無言で見交わし、二人は酒を飲んだ。

浜路はまっすぐに妻八を見て、

「武家にも手先の器用な人がいるのですね。そこ元の飾り職の腕前は一流です。勿体《もったい》ないですわ」

妻八は何も言わない。

「役儀を捨てた方が気が楽ではございませぬか」

「仰せの意味がよくわかりやせんが」

妻八は町人言葉を変えない。

「わたしを見張って扶持《ふち》を貰っているのでしょう。そうなのですね」

妻八が黙って酌をし、浜路は飲む。

「本当の名を明かして下さい」

「……」

「明かすはずありませんわね」

浜路の口から諦《あきら》めの溜息《ためいき》が漏れた。

「夏目《なつめ》又四郎《またしろう》」

遂《つい》に妻八が本名を名乗った。

浜路は目を見開く。

「夏目殿……」

「ご満足ですかい」

「お役はなんですの」

「探索方《たんさくがた》です」

「主君の名は」

「ご勘弁願いてえ」

共に無機的なやり取りだ。

「どうしてわたしに目を付けましたか」

「そいつぁ、申し上げられやせん」

妻八は頑《かたくな》だ。

「されど……」

「ご自分でわかってるんじゃねえんですか」

浜路が目を伏せる。

「浜路さん、消えて貰えやせんか」

「消えるとは？」

「いなくなってくれた方があっしが助かるんでさ」

浜路に感情の微かな揺れが見える。

「どうして」

「おめえさんに縄を打ちたくねえんだ」

「でもそこ元は、そのためにここに」

苦しい表情で言う。

「ですから、おめえさんに逃げられたらあっしの手抜かりで済む。間抜け面を下げてお叱《しか》りを受けりゃいいんだ。それで丸く収まるんですよ」

「なぜわたしを逃がそうと。捕えるのがそこ元のお役でございましょう」

「証拠がなきゃ捕まえることは出来やせん。おめえさんは寺子屋のいい先生をやっていなさる。申し分のねえお人だ。それに……」

「それに？」

「最初からおめえさんを捕えるのが狙いじゃねえんですよ」

「……」

「わかりやすね、この意味」

「あの人は捕まりますすまい」

浜路の口から本音が出た。

「あの人ですかい、とうとうおめえさんの口からその名が出やしたね」

「……」

「けどあの人が捕まらねえと困るんだ、筋書がそう出来てるんですよ、浜路さん」

「筋書ですって？」

浜路の表情が硬くなる。

「おめえさんのあの人に、捕まって貰わねえと幕引きにならねえってことでさ」

「いくらここでわたしを見張っていても、あの人は来ません。無駄ですわ。諦めて、そこ元こそ消えたら如何《いかが》ですか」

「浜路さん」

浜路が妻八を見た。

「余計なお世話かも知れやせんが、おめえさんみてえなお人がどうしてこんなことになったんですね」

「お話ししたくありません」

暫《しば》しの沈黙が流れた。

次に口を切ったのは浜路だった。

「意を決してそこ元と肝心なお話が出来てようございました。今宵《こよい》のおいしいお酒のお礼を申します」

一礼して立ちかけた。

妻八の手がその袖《そで》をつかんだ。

二人の視線が火のように烈《はげ》しく交錯《こうさく》した。探り合いと、濃い情念とがぶつかり合った。

「まだ何か？」

「座って下せえ」

「……」

浜路が座す。

妻八は語る。

「最初はどんな人かと思っておりやした。天下の大盗の情婦《いろ》だ。血も泪《なみだ》もねえ悪婆《あくば》(悪女)じゃねえかと、用心もしておりやした」

浜路の表情は凍りついたように動かない。

「ところがおめえさんは違った。子供たちに慕われ、誰にも心やさしく、日々の佇まいも申し分のねえお人だった。こんな人がどうしてと、あっしは目を疑ったんでさ。

もしかして、みんな偽りの姿なんじゃねえかと思ったこともござんした」

「……」

「けどそうじゃねえことがわかって、あっしはおのれが恥ずかしくさえなったんでさ。たとえ大人は騙《だま》せても、子供の目を誤魔化《ごまか》すことは出来ねえ。浜路さんに向ける子供たちの目は本物だ」

「本物ですって？」

「非の打ち所のねえ立派な先生だってことでさ。だとするなら、おめえさんの転落した経緯《いきさつ》がわからねえ。それなりのわけはあったんでしょうが、なぜ落ちる前に踏み留《とど》まらなかったのか。おめえさんほどのお人がどうしてなんですね」

「この世に非の打ち所のない人などおりませぬ」

「いいや、おめえさんは違う。眩《まぶ》しいくれえにちゃんとしたお人なんだ。あの男と手を切って、やり直すことだって出来るんですぜ」

「……」

「浜路さん」

「もう遅うございます、やり直せるものならとうの昔にそうしています。わたしは地獄道に足を踏み入れた女なのですから」

「そいつぁ思い込みだ」

「違います、その通りなのです」

浜路が悲痛な顔を歪《ゆが》める。

「それじゃ今宵どうしてここへ来なすった。あっしを探るためだけとは思いたくねえが」

「ずっと気に掛かっていたのです、そこ元のことが。どんな人か知りたかったのですわ」

「あっしの何がわかりやしたか」

「それは……」

「言って下せえ」

「よしましょう。わたしとそこ元は所詮《しょせん》相容《あいい》れないのです。水と油なのでございますよ」

「それは違う、浜路さん」

「いいえ、そうなのです。では夏目殿、御無礼を」

突き放すように言い、浜路は出て行った。

懊悩《おうのう》を深くし、妻八は立て続けに酒を飲んだ。その胸は張り裂けそうで、「ううっ」と喉《のど》の奥から苦しいような声が漏れ出た。

雨は降りやまなかった。

九

雨上がりの翌日である。

奉行所の与力詰所《よりきつめしょ》で、左内は平蜘蛛《ひらぐも》のように畳に額をすりつけていた。

その前に吟味方《ぎんみかた》与力巨勢掃部介《こせかもんのすけ》、同役の田鎖猪之助《たぐさりいのすけ》、弓削金吾《ゆげきんご》、他に定廻り同心の三人も列座している。

大鴉の弥蔵を見つけておきながら、まさか取り逃がしたことを黙ってもいられず、左内は事の顛末《てんまつ》を巨勢に打ち明けた。

それを聞くや、巨勢もさすがに不問に付すわけにはゆかなくなり、定廻りの全員を呼び集めて、左内の独断の末の失敗を明かしたのだ。

「左内、大鴉をどうするつもりでいた。捕えて大手柄にしたかったのか」

いつもと違い、巨勢の表情は硬い。

左内がしどろもどろで、

「い、いいえ、決してそのようなつもりは。いつ姿を現すか知れぬ大鴉を張込むに際しましてご同役の方々に無駄足をさせてはならじと思いまして」

苦しい言い訳をする。

田鎖、弓削らがざわつく。

「しかし布引殿、ほかならぬ大鴉の弥蔵なのですぞ。彼奴《きやつ》は御金蔵破りの大罪を犯せし天下の大盗、万一現れた時、おのれ一人で捕える所存でござったか。それにはちと無理がござろうて」

田鎖が語気強く言えば、弓削も憤慨《ふんがい》を露《あらわ》にして、

「布引殿、正直に申されるがよろしかろう。やはり抜け駆けをして、大手柄を狙ったのでござろうが」

口角泡《こうかくあわ》を飛ばして言う。

「はっ、取り逃がした今となっては何を申されましても、非はそれがしに。返す言葉もござらん」

田鎖が険悪な顔で唇をひん曲げ、

「貴殿の行いは得心が参らぬ。勝手に突っ走りおって、このこと世間に知れたら北町が嗤《わら》われるのでござるぞ。それがおわかりか」

田鎖の言葉に、弓削も勢いを得て、

「左様、貴殿のとばっちりを食らって、われらが無能呼ばわりされるのは目に見えておるわ。これをどうしてくれるか」

「ははっ、申し訳もござらぬ」

左内は消え入りたいような風情《ふぜい》だ。

「よい、わかった。もはや取り返しのつかぬことを論じ合っていても始まらぬ。布引、暫し謹慎《きんしん》しておれ。お奉行にはわしから話しておく」

冷静に立ち戻り、巨勢が言った。

左内は恐縮の体《てい》で叩頭《こうとう》したままだ。

やがて巨勢が皆に下がれと伝え、左内には残るように言って解散となった。

巨勢は二人だけになると、やや態度を軟化させ、

「左内、内密で動いていたのだな」

左内は頭を上げぬまま、

「御意《ぎょい》」

「お主が手柄だけで動く男とは思うておらんぞ、そうであろう」

「あ、はっ……」

「このまま詮議《せんぎ》をつづけるのだ」

左内が面食らう。

「いえ、しかしみどもはたった今、謹慎のご沙汰《さた》を頂きました」

「そんなものはくそっくらえだ。あれはな、ほかの奴らの手前ああでも言わずば引っ込みがつかんでの、取りあえず申したまで。わしの立場も考えてくれ」

「ご厚情、痛み入ります」

「わしはお主のことは油断のならぬ男と思うている」

「油断なりませぬか」

「近頃では少し考えが変わっての、お主の昼行燈ぶりは偽りではないかと思う時がある。違うかな、左内よ」

「昼行燈とはみどものことでございますか」

「皆がそう申しておる。耳に入らんか」

「世事《せじ》に疎《うと》いものですから、おのれがなんと言われているかなど、とんと知り得ませぬ」

惚《とぼ》け通すしかなかった。

「こ奴め、惚けおって。まあよい、天下万民のためにも大鴉を捕えてくれい。よいな、昼行燈」

「ははっ」

巨勢の温情は身に沁《し》みたが、さりとてそれに応《こた》える手立ては、今の左内にはなかった。

十

昨日、弥蔵の消えた法華長屋に踏み込み、家探しをするも、手掛かりになるようなものは一切出てこなかった。

月並な長屋の住人としての家財道具、つまり火鉢《ひばち》、夜具、衝立《ついたて》、箱膳、鍋釜《なべかま》などがあるだけで、書き付けのようなものはないのだ。

そこに江戸城御金蔵に至る絵図のようなものでもあればと思ったが、ないのである。ないことで、左内は内心でほっとする思いもした。弥蔵は御金蔵破りではない、という確信を持った。弥蔵の弁を鵜呑《うの》みにするつもりはないが、当初より左内が疑惑に感じていたように、やはり三千両は他者によって盗まれたのだ。法華長屋の近くで対峙《たいじ》し、ぎりぎりの状況のなかで弥蔵本人が吐露《とろ》したように、何者かが大鴉一味に罪をなすりつけ、口を拭《ぬぐ》っているに違いない。

その思いを新たにしたものの、弥蔵が逃げ去った今、左内になす術《すべ》はなかった。

焦るつもりはないが、といって平常心でもいられず、左内の内心は些《いささ》か波立ってい
た。八方手を尽くす思いで、事件当初の御金蔵警護役のお金奉行配下たちのことも調
べておこうと、期待はしていないが、音松に調べを頼んではおいた。
まっすぐ組屋敷へ帰る気にもなれず、放れ駒に寄って日のあるうちから一杯ひっか
けたが、なぜか店は立て混んでいて、お勝はろくに相手をしてくれず、早々に追い出
された。文六長屋へ行くとお雀は留守で、左内への置き文があった。先だっての尾行
で足腰の痛みが取れず、鍼治療《はりちりよう》に行くと書いてあった。
それもむべなるかなだから、日暮れも近いこともあり、八丁堀岡崎町の組屋敷へ帰
って来た。すると木戸門の所に坊太郎が一人でしゃがみ込み、地べたに古釘《ふるくぎ》で文字を
書いていた。
「何をしている」
左内が声を掛けると、坊太郎は小さな胸を痛めたような顔を上げ、
「あっ、父上、今は屋敷に入らぬ方がよろしいかと」
「どうした」
「母上が泣いておられます」
「またいじめられたか」

「よくおわかりに。市之進の母殿に悪口を言われたようなのです。どんなことかは知りませぬが、わたしも板挟みで困っております」

「市之進というのはいい奴なんだな」

「そうなのです。市之進とはいつも一緒で、今日もさっきまで共に遊んでおりました。あっ、金星屋にも行きましたが、雀さんは来ていませんでした」

「雀じゃねえ、お雀だ」

「あ、はい、そうでした」

「お雀は鍼治療に行ってるんだとよ」

「父上の手先だとあの人から聞きました」

「うむ、まあな」

「目から鼻に抜ける人ですね」

「そう思うか」

「母上には言わぬ方がいいですよ」

「言うつもりはねえよ。おまえも黙っていてくれ」

「二人の秘密ですね」

「そういうこった」

左内は坊太郎の背を押して屋敷へ向かい、

「もうすぐ晩だからそれまでおさらいをしていなさい」

「はい」

「浜路先生は元気か」

「いつもと変わりありません」

二人して屋敷へ上がり、坊太郎は自室へ行き、左内は台所へ向かった。

片隅で田鶴が手拭《てぬぐ》いで目頭を押さえているので、左内はうんざりしつつも、やさしい声を掛ける。

「只今《ただいま》戻りましたぞ」

田鶴は慌てて泪を拭い、

「まっ、今日はお早いのですわね」

「何かあったのですか」

坊太郎から聞いたことは伏せて、田鶴に聞いた。

「いいえ、埒《らち》もないことでございますよ」

「聞かせて下され」

「今日の昼に後藤まつ殿に言われましたの。旦那様が巨勢様のお叱りを受け、謹慎を申し渡されたとか。そのことでお役御免になる日も近いのではないか、無役に落とされたら八丁堀には住めぬので坊太郎が気の毒だとか申し、まつ殿は口とは裏腹にわたしを笑っているのです。もう悔しくて悔しくて、本当のことなのでございますか」

与力詰所での出来事は昼前だったが、もう口さがない連中の噂《うわさ》にのぼり、こうして謹慎の件が駆けめぐっているのだ。

その早さに左内は内心で舌を巻きながら、

「根も葉もない噂話ですよ。どこから耳に入れたか知りませんが、後藤殿の奥方は間違っている。田鶴殿もそんなことに惑わされないで下され」

田鶴は安堵《あんど》の笑みを浮かべ、

「それで安心致しました。明日にでもまつ殿を見返してやります。そうですとも、旦那様がお役御免などあり得ぬことです」

「久しぶりに三人で飯が食えますな。今日はなんですか」

「鯛《たい》のお刺身でございます」

「それは何より」

左内が去りかけると、田鶴が呼び止めた。

「今宵のお出掛けはないのでございますか」

「はあ、ありませんが」

「では……その、あのう……」

田鶴が恥ずかしげに何を言おうとしているか、左内はすばやく察して、

「あ、いかん、忘れていました。近くだが人に会わねばなりません。遅くなるつもりはないが、先に寝ていて下さい」

無言で了承し、田鶴は晩の支度に取り掛かった。

左内は自室へ向かいながら、考えていた。

(妻の方から求めるのは尋常なのか。他家ではどうなのだ。中年の夫婦というものは、もっと静かに日々を送るのではないのか。仲がよくて睦《むつ》み合うのを悪いとは言わんが、しかしなあ……)

内でも外でもなんらかの形で責められ、気を休める所が欲しくなった。最近まではそれがお雀の所だったが、今は少し事情が違ってきた。お雀も充分に女なのだ。特に夜は避けねばなるまい。しかし田鶴に言った手前、出掛けねばならなくなった。ではまた放れ駒へ行くのか。店賃を出してやった恩も忘れて、さっきのお勝の態度が気に食わない。

(ままならねえなあ。また来たかと言われそうで、腹立たしい。浮世ってな)

身の置き所を思案した。

十一

寒風吹き荒《すさ》ぶなか、左内は毛羽織《けばおり》を着込んで襟巻《えりまき》を首に巻き、組屋敷を出た。十手は持たず、大刀の一本差しだけだ。

以前に一度だけ行ったことのある居酒屋を目指していた。所でいえば本八丁堀《ほんはっちょうぼり》五丁目となる。稲荷橋《いなりばし》の袂《たもと》にぽつんとある店で、皺《しわ》くちゃの婆《ばあ》さんが一人でやっていた。

店の灯が見えてきて、左内は寒いので早く入ろうと歩を早めた。そこで背後からついて来る人の気配を察知した。背中に突き刺すような視線を感じる。

「……」

そのまま歩きつづけ、店へ入った。

「らっしゃい」

婆さんが物憂《ものう》げに言って、左内を迎えた。他に客はなく、暗くてひっそりとしている。

「酒を頼まあ」

「へえ」

「おれのこと憶えてねえか」

「さあ、どちらさんでしたっけ」

「ならいいよ」

左内は店の表がよく見える床几《しょうぎ》に陣取り、油断のない目を走らせた。木枯しの音が聞こえる。

婆さんが盆に載せた酒肴を運んで来て、左内が手酌でやってひと口飲むところへ、紫色の絹で頬被《はっかぶ》りをした男がぬっと店に入って来た。腰に長脇差《ながどす》を差している。

その顔を見て、左内は驚いた。大鴉の弥蔵ではないか。

「おめえ……」

「旦那に会いたくてよ、組屋敷にずっと張込んでいた。そうしたらうめえ具合に出て来たんで、ここまで追って来たってえ寸法よ」

「いけねえ、捕縄《とりなわ》を忘れてきちまったぜ」

弥蔵は図太くも剛毅《ごうき》な笑みを見せ、

「自訴《じそ》しに来たわけじゃねえんだ」

と言い、婆さんに断って奥の小上がりに左内を誘った。

左内は黙ってそれにしたがう。

やがて二人は、向き合って酒を飲むことになった。

左内はやや緊張してはいるものの、弥蔵から殺気は感じられず、さりとて寛《くつろ》げるはずもなく、微妙に距離を取りながら、

「おれに話でもあるってか」

「心ある旦那と一献《いっこん》傾けたくなったのさ」

「心は捕縄と一緒に置いてきちまったぜ」

弥蔵は左内へ真顔を据えて、

「おれの無実を信じてくれるかい」

「正直に言おう」

「おう、それこそ心ある旦那らしいじゃねえか。正直なところを聞かしてくんな」

「御金蔵破りの下手人《げしゅにん》は別の奴だ」

「本当にそう思って言ってんのか」

左内がうなずき、

「まずそれを言いてえんだろ」

「ああ」

「心当たりはあるか」

「何もねえ、おれぁまったくの蚊帳《かや》の外よ」

「おめえの手下の伊三次をひっ捕えた」

弥蔵は苦しいような顔になり、

「知ってるよ、奉行所のお牢《ろう》んなかで何者かにぶっ殺されたんだ。誰の仕業だ」

「左官に化けてお牢にへえって来た磯吉って奴だった。そいつにうめえこと逃げられて、手掛かりはぷっつんだ」

「磯吉を追いかけたか」

「いいや、そのまんまよ。盗っ人が殺されたんだ、誰も本気になるものか」

「あいつはいい奴だった」

「ああ、そうだな。おれも訊問《じんもん》に当たったからなんとなくわかるぜ。根っからの悪とは思えなかった」

「奴のためにひと晩泣き明かしたぜ。あいつは親も子もねえ寂しい奴だった。おれが捕方に追い詰められた時、何度も急場を救われたんだ」

「おめえは寂しい奴じゃねえのか」

「なんだと」

「一味に女が一人いるよな」

「……」

「いるだろ、ねたは上がってるんだぜ」

「聞かねえでくれ。その話はなしだ。それを言いに来たわけじゃねえんだ」

「だったら何を言いに来た」

「話の大元は御金蔵破りの三千両だ。下手人の狙いはついているのか。それを聞くために来たんだ」

「まだ何もわかってねえよ、本当だ」

酒が切れたので、左内が婆さんに頼んだ。

「それにしてもよ、おめえもいい度胸してるよな。定廻り同心の後をつけるか」

「旦那の心に頼りたかったのよ」

存外に弥蔵は正直なところを言う。

「よせやい、今さらおめえを助けるこた出来ねえやな。どこに隠れてやがった」

「あっちこっちにな、隠れ宿はあらあな」

「女の話に戻らねえか」

「そいつぁお断りだ」

「ずばりおれが言い当ててみようか」

弥蔵がぎらっと左内を見た。

「浜路って女を知らねえか」

「……」

弥蔵は不意に黙り込む。視線が落ち着きを失ってきた。むやみに酒を飲む。婆さんが酒を運んで来ると、それをひったくるようにして弥蔵は飲んだ。

「知ってるな、浜路はおめえの女だ、図星《ずぼし》だろ」

「……」

「おめえが喋《しゃべ》らねえんなら浜路に聞くか。元武家の浪々の身だ。町方でしょっ引けるぜ」

「よせ」

弥蔵が大声を出した。

左内は冷静に弥蔵を見ている。

「浜路には手を出すな」

睨み据え、弥蔵は言う。

「そうはいかねえ。浜路も押込みに加わってるじゃねえか。立派に一味の一人だ。違うと言い張るつもりかよ」

「違う、浜路は違うんだ」

「何が違う」

「みんなおれが悪い、だから浜路を責めねえでくれ」

「話を飛ばすなよ、あのな、物事ってな順序ってものがあってな」

「じゃかあしい」

怒鳴られるも、左内は平然としていて、

「語るに落ちてんじゃねえか、白状しちめえよ、浜路との仲」

「うぬっ……」

弥蔵が唸《うな》った。

左内は黙って見守ることにした。だんだん目の前にいるこの男が好きになってきた。

悪党ではないのだ。

そこへ婆さんがばたばたとやって来た。

「旦那さん方、なんだか妙なんだよ」

「どうした」

左内が問うと、婆さんは言った。

「表に変なのが何人かうろついているのさ。旦那さん方に用があるんじゃないのかえ。

あたしゃ嫌だよ、揉め事は」

左内と弥蔵が鋭く見交わし合った。とっさにたがいに目でものを言う。刺客《しかく》が来た、と意見は一致した。

「婆さん、裏に出口はねえか」

「あるよ」

左内は婆さんに案内させ、弥蔵を誘った。

だが弥蔵はそれを拒み、

「おれぁ敵の正体を知りてえ、おめえさんは逃げるがいいや」

「そうはゆくかよ、知りてえのはおれもおなじだ。つき合うぜ」

「意地っ張りだな、あんたも」

「おめえほどじゃねえさ」

阿吽《あうん》の呼吸が生まれた。

共に残り酒を飲み干し、土間へ下りて戦闘態勢に入った。表を窺《うかが》うと、確かに婆さんの言う通り五、六人の人影が見えた。やくざもいれば浪人もいる。人相、身装《みなり》はまちまちだが、本当の正体は不明だ。要するに刺客として送り込まれた連中なのだ。

「弥蔵、あの連中だったら何を聞いても無駄だぜ。人殺ししか頭にねえような奴らだろ」

「とっ捕めえるな一人でいい、そいつを責め上げて雇い主を喋らせるのよ」

「後はどうする」

「ぶっ殺すしかねえだろ。こいつぁ伊三次の仇討《あだうち》でもあるんだ」

左内は手に唾《つば》を吐いて刀の鯉口《こいぐち》を切り、

「なんで盗っ人の仇討につき合うんだ」

「黙っておれについて来い」

「そりゃおれの科白《せりふ》じゃねえか」

二人が息を合わせ、店の表へ飛び出した。

刺客たちがすばやく反応し、一斉に退いて白刃を抜いた。殺気が充満する。

冷たい風に小雪が混ざってきた。

突如、左内が走った。それを見て弥蔵も後を追う。橋の袂の広い所へ出た。刺客どもが追って来る。小雪が横殴りに吹きつけた。

左内が抜く手も見せずに抜刀し、追って来た刺客の二人を斬り伏せた。束《つか》の間《ま》の出来事だ。次いで別の刺客が絶叫を上げた。弥蔵が長脇差で袈裟《けさ》斬りにしたのだ。

「おめえ、人斬りはしねえはずじゃなかったのか」

「堅気は斬らねえ。けどこいつらは別だ」

左内と弥蔵の掛け合いだ。

刺客の一人に磯吉がいたが、左内はその顔を知らない。

「おい、伊三次をやったなどいつだ」

弥蔵が磯吉ら刺客らを見据え、怒髪天《どはつてん》を衝《つ》く形相《ぎょうそう》になって遮二無二突進した。磯吉は牙《きば》を剝《む》いて応戦する。一合、二合、刃を交え、金属音が鳴り響いた。

「があっ」

脳天から斬られた磯吉が血達磨《ちだるま》になった。弥蔵の背後から一人が忍び寄った。間髪を容れず、左内の豪剣が唸ってその一人を斬り裂いた。残った二、三人はあっという間に姿を消した。

左内と弥蔵は修羅場《しゅらば》に立ち尽くした。

「やはりおめえさんは心ある旦那だったな、このおれの味方んなってくれた礼を言うぜ」

「なんの、それにゃ及ばねえ。さあ、おれと来い」

「どこへ行く」

「じっくり話を聞かせろよ」

「また会おうぜ」

「あっ、待ちやがれ」

左内が止めるのをふり切り、弥蔵は闇《やみ》に消え去った。

第五章　事の真相

一

鉄砲洲の浜辺にしゃがみ込み、浜路は見るとはなしに昼下りの海を眺めていた。

その日の寺子屋が終わったところで、布引左内に呼び出され、八丁堀から歩いて鉄砲洲まで来たものだ。人目を避けての左内の慮《おもんぱか》りだった。

左内に話があると言われた時から、浜路は何かを予感したのか、その表情に憂《うれ》いを漂わせていた。

左内は後ろに立って、浜路の白いうなじを見ている。憂えていても、浜路は匂《にお》やかに艶冶《えんや》であった。

海鳥の鳴き声が、潮騒《しおさい》に消された。

「今日は寺子屋の師匠としてではなく、別の浜路殿と話をしたいと思いましてな」

左内の言葉に、浜路は黙っている。

左内が浜路の横に来て、そっとしゃがみ、

「ゆんべ、弥蔵と会いましたぞ」

浜路は表情を硬くするも、それでも何も言わない。両の手と手を固く握りしめている。

「誰《だれ》も信じないでしょう。まさかあなたが盗《ぬす》っ人《と》の情婦《いろ》で、押込みに加担していたとは」

浜路は言葉を失っているかのようだ。

「そこを追及しますと、弥蔵は違う違うと言い張って、あなたのことは話したくないと」

「……」

「あれは悪い男ではござらん。熱きまっとうな血が流れています。まっ、そんな奴《やつ》がなぜ横紙破りになったかという話はさておき、あなたほどの人がどうしてと、みどもの興味はそこに尽きるのですよ」

「……」

「話して貰《もら》えませんか。人に言いませんし、あなたをしょっ引くつもりもないのですよ」

浜路がさっと左内を見た。

「妙ですわ。そこまでわかっていながら、なぜ捕まえないのですか」

「認めるのですな」

浜路は目顔でうなずき、左内へ向かって両手を差し出し、

「いつかこんな日がくるものと、ずっと以前から覚悟はつけておりました」

左内が浜路の両手をやんわりと押しやり、

「よして下さい、しょっ引かないと申したはずです」

なぜしょっ引かないのか、浜路は解《げ》せないままに気持ちの整理をつけるかのように、

「子供たちに学問を教える身でないことは重々わかっております。胸の内では苦しんでおりました」

今度は左内が黙る番だ。

「真意をお聞かせ下さいまし、布引殿。このわたしが悪事に手を染めた汚れた女と知りながら、なぜ縄を打たぬのです」

「あなたがいい先生だからですよ」

「おやめ下さいまし。わたしは盗賊大鴉の弥蔵の女なのです。徒党を組んで商家に押入り、千両近い金子《きんす》を強奪しました。人を疵《きず》つけてこそいませぬが、非道を重ねたことに変わりはありませぬ」

「御金蔵《ごきんぞう》破りの件はご存知《ぞんじ》か」

浜路が驚いた顔になる。衝撃を受けたようで、すぐには言葉が出てこない。

「大鴉の弥蔵一味は去年の春に江戸城御金蔵を破り、三千両を奪った。とまあ、そういうことになっておりまして、目付方《めつけかた》、お先手組《さきてぐみ》が追っていたがお手上げとなり、われら町方にお鉢が廻《まわ》ってきた。ところが弥蔵に問い糺《ただ》すと、身に覚えはないと。いったい誰の話が本当なのか悩むところですが、わたしは弥蔵を信じることにしました」

「布引殿」

「はい？」

「あなたはどっちのお味方なのですか。仰《おお》せの意味がよくわかりませぬ」

浜路は少なからず動揺している。

「無理もござらん。弥蔵の話を信じることにしたのは、ひとえに奴の人柄ですよ。あれは御金蔵破りなんぞする男ではない」

「その件はわたしは知りませんでした。弥蔵とはすでに訣別《けつべつ》したのです」

「そうでしょうか」

「お疑いなのですの」

「弥蔵はあなたを必死で庇《かば》っていました。そこに惻隠《そくいん》の情を感じたのですよ。よほど深いつながりなのですな」

「……」

冷たい汐風《しおかぜ》に、左内はぶるっときて、

「ここは寒過ぎます。河岸《かし》を替えませんか」

二

昼間からやっている燗酒屋《かんざけや》が鉄砲洲本湊町にあり、左内はそこへ浜路を案内した。朝のうちに漁を終えた漁師たちが、この店で一杯ひっかけるために昼から酒を供しているのだ。

奥まった小部屋に落ち着くと、﨟《ろう》たけた女将《おかみ》に酒と料理を注文しておき、左内は炬《こ》燵《たつ》挟んで向き合い浜路へ改めて目をやった。

浜路は目を伏せている。

「先ほどはあなたに縄を打たないと申しましたが、事情如何《いかん》によってはそうもゆかなくなります。そこでお聞きしたい。どのようなわけがあって弥蔵とつるむように。ここまできたのですから、包み隠さずお話し願いたい」

「……」

「出来ることならですな、このままあなたを放免したいのがみどもの本心です。何せあなた、わたしの目の前にいるのは伜《せがれ》の大事な寺子屋の師匠なのですから」

「恐れ入ります、布引殿」

顔を上げぬまま、浜路は小さな声で言う。

「はっ、しかし不思議ですね。あなたと話していると罪人とはとても思えません。ましてや大鴉一味の仲間とは。こんな罪人は初めてなのですよ」

女中二人が酒と料理を運んで来て、それらが去ると、左内が燗酒を手にして浜路に勧めた。

浜路はそれを受け、静かに飲む。そしてまっすぐに一点を見て語り始めた。

「父は青木《あおき》頼母《たのも》と申し、小石川《こいしかわ》御薬園《おやくえん》奉行殿お支配の元、御薬園同心を勤めおりました」

御薬園同心なら二十俵《ぴょう》二人扶持《ぶち》で、三十俵二人扶持の左内よりも下級者の扱いとなる。

「父のお役は御薬園の運営、警護に当たり、荒子《あらしこ》を監督、指揮するのが任でございます」

荒子はさらに下級で、十五俵一人半扶持のれっきとした幕府小役人だ。定員は十一人、薬草の生育、栽培が仕事だ。

「ところが七年前、御薬園にて不正が発覚致しました」

左内が浜路を見る。

「御薬園で栽培された朝鮮人参《ちょうせんにんじん》などの高価な薬草の横流しでございます。その時、荒子の一人に疑いの目が向けられたのです」

浜路はひと息つき、

「それが弥蔵だったのでございます」

左内が驚きの目を剝《む》く。

「なんと、弥蔵は御薬園の小役人だったのですか」

浜路がうなずき、

「弥蔵は父に気に入られ、屋敷にもよく出入りしておりましたので、わたしも子供の頃《ころ》から馴《な》れ親しんでいたのです。その頃の弥蔵は忠義でまっすぐな若者でございました」

「母御はどうなされた」

「母はわたしが幼い頃に他界致しおり、またわたしには兄弟もいないところから、弥蔵のことは兄のように慕っておりました」

左内は浜路に酌をしてやり、

「して、どうなりましたか」

「弥蔵は召捕《めしと》られ、罪を糾弾《きゅうだん》されたのです。父は弥蔵の無実を訴え、真っ向から否《いな》やを唱えて奔走《ほんそう》したのですが、それが叶《かな》わず、弥蔵は縄目を受ける破目に。されどそれは濡《ぬ》れ衣《ぎぬ》だったのでございます。その後におなじ荒子の不逞《ふてい》の輩《やから》が捕えられ、弥蔵の罪は晴れたと思われたのですが、時すでに遅く、島流しの刑が申し渡されてしまいました。ところが永代橋から遠島船《えんとうぶね》に乗る直前になり、なんと弥蔵は単身で脱走を計ったのでございます」

左内は手酌で飲みながら、あの弥蔵ならさもありなんと思った。二度会ったきりだが、その時に不屈の闘魂《とうこん》のようなものを感じていた。そういう男が冤罪《えんざい》を着せられたらどうなるか、火を見るよりも明らかで、それが脱走の揚句《あげく》、盗賊に身を投じたというのもうなずけた。

「弥蔵は行方《ゆくえ》をくらまし、逃げ延びました。さらに新たなる事実が判明致し、横流しの荒子の背後には父とおなじ御薬園同心がいることがわかったのです。それを暴いたのは逃亡中の弥蔵でした。調べたことを文に認《したた》め、父へ訴えたのです。父はその文を持ってお上へ向かいました。されどその途中で……」

浜路が声を詰まらせ、うつむく。

「黒幕の同心が横槍《よこやり》を入れたのですな」

「よくおわかりに」

「悪党絡みの筋書を読むのは、みどものお役なので」

左内は面映《おもはゆ》いような表情で言う。

「父はその同心に待伏《まちぶ》せされ、兇刃《きょうじん》をふるわれて非業の死を遂《と》げました。わたしは奈落《ならく》の底に突き落とされる思いでした。されど世継ぎなきがゆえ、青木家はお取り潰《つぶ》しとなったのです。わたしは浮世の荒波に放《ほう》り出されました。さりとてこのままで済む道理はございませぬ。わたしは仇《かたき》の隙《すき》を狙《ねら》い、父の無念を晴らそうと機会を窺《うかが》いました」

左内が身を乗り出し、

「仇討本懐《あだうちほんかい》は遂げられましたか」

「はい、闇夜《やみよ》で仇を討ち果たすことが叶いました。けれどわたし一人ではなく、弥蔵が助《すけ》っ人《と》をしてくれたのです」

「恩に報いたのですな、弥蔵は」

「その後のことはご想像下さいまし」

浜路はそっと盃《さかずき》を口に運び、

「家を失い、寄る辺《よるべ》をなくした女一人がどうして生きてゆかれましょう。弥蔵の情に縋《すが》るしかございませんでした」

二人は主従の垣根を越えたのだ。

「それで五年前より弥蔵は大鴉となり、市中の跋扈《ばっこ》が始まったわけですか」

「はい。すべては水の流れるままに、情に棹差《さおさ》す如《ごと》くに生きて参りました。無実の罪を着せられたことから弥蔵は世の中を怨《うら》むようになり、なりふり構わず悪の道へ。生きる縁《よすが》を失ったわたしは弥蔵についてゆくしかございませんでした。悪事を働くは百も承知の上、されど罪のない人だけは疵つけまいと、そうして弥蔵と共に夜働きを」

「当然とは思えますが、二人の間に悪事をめぐっての諍《いさか》いはあったのでしょうな」

「五年前より盗みを始め、弥蔵とはいつも対峙《たいじ》しておりました。情を交わす一方で、また憎み合うこともあったのです。悪行から抜け出さねば、いや、つづけてよいのだと、反対するばかりでなく、わたし自身が盗みを押し進めたこともございます。人の心の内には怖ろしいものが棲《す》んでおります。そんなわれとわが身に愕然《がくぜん》としたこともございました。そうこうするうち、いつまでもこんなことをしていてはいけないと、話し合った末に弥蔵と手を切ることに」

「二人とも納得づくだったのですな」

「はい、もう二度と会うまいと決めました。二人とも疲弊《ひへい》してしまったのでございます。それでわたしは罪を償《つぐな》うこともせず、昔をすべて捨てたつもりで寺子屋を始めました。ですから本当にこの一年ほどは、弥蔵とは会っていないのです」

「信じますよ、浜路殿、信じはしますがね」

左内が切ないような溜息《ためいき》をつき、

「幕府の小役人だった弥蔵が盗みの道に入るのも如何《いかが》かと思われますが、あなたまでそれに追随することはなかったのでは。最初から寺子屋の師匠でよかったではありませんか。わたしはそう思いますが。いや、何をどう申しても、もはや詮《せん》ないことはよくわかっておりますが」

浜路と弥蔵の愛憎相半ばするこの五年間を思いやり、左内が言う。

「手足をもぎ取られた世間知らずに、生きて行く術《すべ》はございませんでした。そのようなわけで、今さら申しても仕方のないことですが、どうか事情をお汲《く》み取り下さいまし」

「言葉もござらんな」

左内は深い溜息をつく。

「布引殿、どうかこのままお上へ突き出して下さりませ。お願い致します」

「正直申しますと決めかねておりましてな」

「迷うことは何もないと思いますが」

「盗みは確かに悪いことですが、あなた方は人を殺傷しておりません」

左内の苦しい弁明だ。

本音を言うなら、どうしたら浜路の捕縛を免れることが出来るか、そればかりを考えていた。折角寺子屋がうまくいっているのに、坊太郎が勉学を楽しみにしているのに、浜路に縄を打つということはそれを奪うことになる。田鶴と坊太郎の落胆《らくたん》する姿は見たくなかった。冷静な判断をしなければいけないところだが、左内の裁きは表のそれとは別なのである。

「布引殿、されどわれらが犯した罪が消えるとは思っておりませぬ」

浜路は真摯《しんし》な目で言う。

「まだなのですよ、浜路殿」

「はい？」

「まだ幕引きというわけにはゆきません」

「仰せの意味が……」

「消えた三千両の謎《なぞ》が解明されておらぬまま、あなたにも弥蔵にも、縄を打つわけにはゆきませんよ」

「ではわたしはどうしたらよいのですか」

「手掛かりが欲しいのです。弥蔵とて二度の濡れ衣ですからな、尋常な気持ちではいられんでしょう」

「でもわたしには、御金蔵破りについては何も心当たりが」

「飾り職の妻八という男のことを聞きたいのですが」

「えっ、妻八の……」

浜路が烈《はげ》しく動揺した。

「妻八は何者かの差し金であなたを見張っている。そのために飾り職に身をやつし、おなじ長屋に住みついた。あなたも内心ひそかにそのことには気づいているはずだ」

浜路は下を向いて押し黙る。

「妻八の正体は何者なのでしょう」

「……」

「どうなされた、浜路殿」

「いいえ、知りませぬ。妻八はわたしが聞いても何も答えぬのです」

「妻八は町方役人ではむろんない。どの筋から差し廻されてきたものか、それがわかれば新たな展開が望めるのですが」

「……」

「どうやら浜路殿は妻八を調べたくないようですな」

浜路が顔を上げ、

「妻八に探りを入れろと仰せで」

「……」

「やってくれませんか」

「妙ですなあ。自分を見張っている男の素性《すじよう》を知りたくないようだ。気になりませんか」

「妻八も悩んでいるのでは」

「はあ？」

「わたしにはわかります。見張りのお役でいながら、疑いを持っているのです。抜き差しならないところに立たされて、妻八は困っているような」

「みどもとて困っておりますぞ、浜路殿。これでは八方塞《はつぽうふさ》がりです」

「……」

そこで会話は途切れた。二人とも急に口が重くなり、浜路は考えに耽《ふけ》り、左内は袋小路に追い詰められた。

しかしひとつだけわかったことがあった。浜路には妻八を庇う気持ちが強くある。仮に弥蔵と縁切りしていて、浜路の心の隙間に妻八が入り込んだとしたらどうだ。たがいに気づかぬうちに、相惚《あいぼ》れということもあるのではないか。

（そうなるってえと、ちょいと厄介《やっかい》だな、こいつぁ）

胸の内で、左内がひとりごちた。

三

その日の昼飯は簡単なものにしようと、お雀は権十と一緒に沢庵《たくあん》で茶漬《ちゃづけ》を食べていた。

二人のその姿は、どう見てもお爺《じい》ちゃんと孫娘だ。

「よっ、風来坊《ふうらいぼう》、おめえなかなか気が利いてるなあ。こんなちょっとしたもんだけどよ、おめえがこさえると格別だぜ」

権十が相好《そうごう》を崩し、料理といえるほどの料理ではないのに、お雀の腕前を褒《ほ》め称《たた》えた。

「ふん、おだてたって駄目よ。いつまでもあたしがここにいるわきゃないんですからね」

「そんなこたわかってるぜ、根を下ろしちまったら風来坊じゃなくなっちまうものなあ」

「あのさ、その風来坊ってのやめて貰えないかしら、権十さん。これでもあたしはまだ嫁入り前の乙女なのよ」

「だったらおれと一緒んなるか」

お雀は憤慨《ふんがい》する。

「ちょっと、何言ってるの。身のほどわきまえなさい。あたしと幾つ年が違うと思ってるの」

「あはは、怒ってやがる。冗談だよ。おれがあと十年若かったらいいけどな」

「それでも駄目よ」

「こう老いぼれちまうともういけねえやな。けどおめえを養女にするこた出来るぜ。身寄りがねえんだろ」

「そりゃないけど、養女に行くのならもっと金持ちの家にするわよ。それにもし養女となったら、権十さんは助平《すけべい》だから夜這《よば》いをかけてくるでしょ。うかうか寝ていらんないじゃない」

「かはは、何もかもお見通しかよ」

権十は腹を抱えて笑う。

怒るに怒れず、お雀は失笑した。

店先に人が立ったので、お雀は箸《はし》と茶碗《ちゃわん》を置いて応対に出た。

そこにいたのは同心姿の左内で、お雀を手招いておき、向こうへ行った。

金星屋から少し離れた所で、二人は立って向き合う。

「何しに来たの、旦那《だんな》」

「妻八はどうしている」

「家で仕事してるわよ、ずっと出て来ない。浜路さんは寺子に学問を教えている最中よ」

「そうか、わかった」

「どうするの」

「妻八の動きを探りてえんだ。おめえはいいぜ、店にいてくれ」

「旦那が妻八を見張るんなら、あたしがここにいる意味ないわね」

「いいじゃねえか、父《と》っつぁんに気に入られてんだろ」

「そりゃそうだけど、さっき権十さんに一緒にならないかって言われた」

「似合いかも知れねえな」

「はったあすわよ、旦那」

お雀が拳《こぶし》をふり上げ、左内が逃げて、

「まあまあ、お雀、いいから戻っていろ」

お雀を店へ戻させ、左内は路地の奥へ引っ込み、そこに店を出した茶店の床几《しょうぎ》に掛け、酸漿長屋を見張ることにした。

八丁堀界隈《かいわい》だけに知った顔が多く、往来の人が左内に会釈していく。都合が悪いので、左内は店の奥へ移動し、そこから長屋の見張りについた。婆《ばあ》さんが甘酒を持って来る。

それを啜《すす》りながら、用があるのは妻八だから、浜路とは顔を合わせたくないと思っていた。お雀が言ったように、幸い今は坊太郎たちに学問を教えている。

そんなところへ音松がやって来て、左内を見つけるや駆け寄って来た。

「あっ、よかった、やっとつかまった。探しやしたぜ、旦那」

「どうした、何かあったか」

「嫌だなあ、忘れちまったんですかい。旦那に言われてお金奉行の下役たちを調べてたんじゃねえですか」

「承知してるよ、首尾はどうだ」

「数が多くててえへんでしたがね、お役がお役だけにさすがにくそ堅《かて》え人がほとんどでしたよ。けど一人だけ、付け入る余地のありそうなのが」

書きつけたものを左内に手渡し、

「探りを入れてみる値打ちはありそうでさ」

「臭いというのは不正とか、そっち絡みなのか」

「そうじゃねえんで。その人は身持ちがよくねえもんですから、叩《たた》けば埃《ほこり》が出るんじゃねえかと。だってお金奉行てな、金庫番のお役と同時に御金蔵の警護がお役でござんしょ。一年前のことを聞き出すにゃ恰好《かっこう》の相手ですぜ」

「わかってらあ、それでおめえに頼んだんじゃねえか」

身持ちの悪いその男の口から、御金蔵破り当夜のことが聞ければ重畳《ちょうじょう》だと思っていた。

「よくやってくれた、礼を言うぜ」

「へい、毎度どうも」

小粒銀を与えると、音松はそれを受取って立ち去った。

左内は早速書きつけに読み入る。一人のお金同心の名が記されてあった。

ややあって、妻八が家から出て来た。

(やっ、お出ましだな)

甘酒を飲み干し、婆さんに過分に銭を握らせて、左内は路地から抜け出て妻八の尾行を始めた。

尾行はお手のものなので、一定の距離を保って追跡して行く。人通りが多いからほっとしていた。

妻八は海賊橋《かいぞくばし》、江戸橋《えどばし》と渡り、照降町《てりふりちょう》を抜けて、日本橋北を浜町堀へと向かう。やがて高砂橋《たかさごばし》を渡った。

妻八は武家屋敷のひしめくなかを足早に行く。

(あれ、待てよ、ここは……)

つい最近もこの付近へ来た憶《おぼ》えがあり、左内は身の引き締まる思いがした。薬研堀の近くといえば、お先手鉄砲頭蜷川将監の屋敷があるのだ。

だが左内の尾行はそこまでだった。海鼠塀《なまこべい》を幾つか曲がるうち、妻八の姿が忽然《こつぜん》と消えたのである。

（くそっ、気づかれたかい）

左内が焦って付近を見廻すも、人影はどこにもない。

寒空を雀《すずめ》の群れが飛んで行く。

用心深く辺りを眺めつつ、やがて左内は蜷川家の屋敷の前まで来た。長屋門《ながやもん》は固く閉じられている。耳を澄ますも、今日は女の啜り泣く声は聞こえなかった。

そこにいつまで突っ立っていても詮方《せんかた》ないから、やがて左内は身を引き、立ち去った。

すると大きな樅《もみ》の木の陰から、妻八が顔を覗《のぞ》かせた。左内の背をじっと見送っている。

（あれは確か布引とかいう八丁堀同心だったな。伜は浜路さん所の寺子だ。それがどうしてこのおれを……）

疑惑は膨《ふく》らんだが、封印した。町方に咎《とが》められるいわれはなかった。それよりもっと辛《つら》い悩みを、妻八、いや、夏目又四郎は抱えていたからだ。

四

蜷川将監は女を緊縛《きんばく》するのが好きだった。

非番で屋敷にいれば、欲望の趣《おもむ》くままに女を高手小手《たかてこて》に縛り上げ、責めまくってい じめ抜く。

屋敷の奥の間で、その日も蜷川は痴態《ちたい》を演じていた。みずからも全裸になって夜具に女体を組み敷き、烈しく媾《まぐわ》っている。ほどかれた縄が座敷に散乱していた。

このところ若い奥女中の園《その》が気に入りだった。蜷川の期待に応《こた》え、園は苛虐《かぎやく》されるのが好きな性分で、いじめられるほどに身も世もない泣き声を上げ、悶《もだ》え苦しんで見せる。蜜壺《みつつぼ》はいつもしとどに濡れていた。

以前に左内が女の啜り泣きを聞いたのは、園の上げるそれだったのだ。

(これは生まれつきの女郎ではないか)

蜷川は夢中になっていた。

園は商家の娘で、奉公に上がった時から蜷川は魅《み》せられた。雪白の肌が眩《まぶ》しいほどで、楚々《そそ》とした風情《ふぜい》を見せながら、園は蜷川を暗に誘ったのだ。園は初めから生娘《きむすめ》ではなかった。町場にいる時から男出入りはあったに違いない。だがこんな肉欲の喜びを与えてくれたのは蜷川が初めてであろうと、ひそかに自負していた。

蜷川は四十で武芸に秀でており、恰幅《かっぷく》がよく、荒武者のような面構《つらがま》えの持ち主だ。園はずっとそばに置いてやろうと思っている。屋敷には妻も子もいるが、関知しなかった。

これまで思いのままに生きてきて、先々も宗旨替《しゅうしが》えするつもりはないのだ。三河《みかわ》以来の名家に生まれ、お先手鉄砲頭に出世も遂げ、千五百石を賜《たまわ》り、下僚《かりょう》の与力二十騎、同心七十人を率いている。

殿中に上がれば、平の旗本連中は蜷川にひれ伏すのが当然となっている。傲岸不遜《ごうがんふそん》を絵に描《か》いたような蜷川だが、強者には弱者がすり寄ってくるものなのだ。

そのためには絶えず金が入り用だった。それも半端な金高ではなく、何百、何千だ。育ちが育ちゆえ、蜷川の金離れはすこぶるよいのである。

情交後の心地よい疲労感で、蜷川と園はぐったりと夜具に横たわっていた。外は昼のはずだが、雨戸を閉め切って暗くしてあるから区別がつかない。昼夜を分かたずとは、まさにこのことだった。

「殿、ちとよろしゅうござりまするか」

襖《ふすま》の向こうから、用人堀田《ほった》忠太夫《ちゅうだゆう》の声がした。夏目又四郎と深川八幡で会っていた深編笠《ふかあみがさ》の武士である。

「なんとした」

蜷川が物憂く答える。

「夏目が参っております」

「そうか」

蜷川が身を起こして着衣し、園に何事か囁《ささや》いておき、奥の間を出た。

小部屋では、夏目又四郎が待っていた。

この男の本来の身分はお先手組に属する鉄砲方同心なのだ。それが探索方として、浜路を見張る任に就《つ》いていた。

蜷川が入って来て、夏目の前に座した。

「動静を申せ」

「はっ、依然として動きはございませぬ」

「姿を現さぬか、大鴉の弥蔵めは」

「女とは手を切ったのではないかと」

「それはどうかな。わしには信じ難いぞ」

「盗賊などと申すは、一人の女に固執《こしつ》しないのではございませぬかな。浜路はとうに捨てられたものと推量致しますが」

「おまえの推量などどうでもよいわ。わしの命に黙ってしたがっておれ」

夏目は改めて叩頭《こうとう》して、

「お願いの儀がございます」

「申せ」

「このお役、退きたいのですが」

「退いてどうする」

「元の同心に戻りたいのでございます」

「わけを申せ」

「それは……この任、それがしには不向きではないかと」

「そんなことはないぞ。おまえは手先が器用ゆえ飾り職に化けさせ、大鴉の探索に当たらせた。情婦浜路から目を離すでない」

「殿」

何か言いかける夏目を遮《さえぎ》り、蜷川はぐっと身を寄せ、

「夏目よ、七十人のなかからおまえは取り立てられたのだ。有難くはないのか。わしの眼鏡に適わば与力職にも昇進出来る。願ってもないことであろうが」

「はっ、しかし……」

「なんとした、何を言いたい、又四郎。この上の抗弁は許さぬ」

大喝《だいかつ》されて威圧を受け、夏目はそれ以上何も言えなくなった。

五

左内が八丁堀界隈に戻って来て、甘味処《かんみどころ》の店の前を通ると、聞き覚えのある女の笑い声がした。

暖簾《のれん》をはねて店内を覗くと、奥の床几に何人かの奥方たちが集まって談笑していた。皆で汁粉《しるこ》を食べている。八丁堀同心の妻たちのようだ。

左内に気づいた田鶴が、席を立ってこっちへやって来た。

「旦那様、今日はお早いのですわね」

「はあ、あれはどういう連中ですかな」

「ご同役の奥様方ですよ。後藤まつ殿も一緒なのです」

「仲直りしたのですか」

「そうしろと申したのは旦那様ではございませぬか。お説にしたがい、昼餉《ひるげ》にお誘いしたらすんなり承諾なされ、途中から他家の奥様方も合流して、それは楽しいお昼になりましたのよ」

「ではこれでいじめはなくなったのですな」

「共に誤解があったようなのです。まつ殿と話し合って、打ち解けることが叶いました」

「それはよかった。坊太郎も喜びましょう」

行きかける左内を、田鶴は呼び止めて、

「あの、どちらへ？　遅くなるのですか」

「相手次第です。わたしのお役はよく知っておるはずですが」

「は、はい、では」

立ち去る左内を見送り、田鶴はまた店へ戻って行った。たちまち笑い声が弾《はじ》け飛んだ。

酸漿長屋へ戻ると、妻八の家に気配があった。

「よっ、へえるぜ」

声を掛け、左内が油障子《あぶらしょうじ》を開けて家のなかへ入った。

妻八がこっちを見て、何も言わずに目を逸《そ》らした。

「さっきは一本取られちまったな」

「なんのこってすね」

「おめえに尾行を勘づかれて撒《ま》かれたんじゃねえか」

「さあ、なんのお話をしているのか」

惚《とぼ》け通す腹のようだ。

左内は妻八の前にどっかと座り、

「もう何もかもわかってるんだ。今日は腹を割って話さねえか」

「仕事の邪魔をしねえで貰えやせんか」

「おめえがへえってった屋敷の見当はついてるんだ」

妻八は仏頂面《ぶっちょうづら》で横を向く。

「お先手鉄砲頭蜷川将監殿。おめえはそこの家来だろ」

「飾り職なんですぜ、あっしぁ」

左内は妻八が言うのを無視して、

「浜路殿は大鴉の弥蔵の情婦だった女だ」

妻八の表情を窺って、

「驚かねえのか、てことは知ってるんだな」

「……」

「おめえは浜路殿を見張りつづけて、弥蔵が来たらお縄にするつもりか。そんなとこなんじゃねえのか」

妻八は左内を黙殺するように、鑿《のみ》を取って彫金を始めた。

左内は構わず話しつづける。

「けどおめえの浮かねえ面《つら》見てると、どうにも解せねえ気分になるんだよなあ。少なくともお役を楽しんでやってるようにゃ見えねえやな。何を考えている、打ち明けろよ」

「旦那、勘弁してくれやせんか。あっしは何も知らねえと言ってるんですぜ」

「浜路殿と話したんだが、奴《やっこ》さんはなぜかおめえを庇うんだよ。二人の間柄はどうなってるんだ」

「店子《たなこ》同士の間柄にほかなりやせんよ。妙な勘繰《かんぐ》りはよして下せえ」

「そんな嘘《うそ》っぱちは通用しねえぞ。おたげえに憎からず思っている。図星《ずぼし》だろ」

妻八の鑿を持つ手が止まった。

「浜路殿は弥蔵とは切れてると言ってらあ。だったらどうだ、おめえもさむれえなんだ、いっそ浜路殿と一緒んなっちめえよ」

揺さぶりをかけた。

「蜷川殿の所から出奔《しゅっぽん》して浪人になりゃいいんだ。どうやって食ってくか、手立てはいくらだってあるだろ」

「旦那、余計な世話は焼かねえで下せえ。このままそっとしといてくれやせんか」

「そうはゆかねえな。こっちも乗りかかった船だ。出来ることならおめえたち二人に幸せんなって貰いてえ」

妻八はまじまじと左内を見る。

「本気で言ってるんですか」

「ああ、本気だよ」

左内と妻八の目と目が絡み合った。

だがそれも束の間《つかま》で、妻八は鑿を放って背を向け、

「しつけえな、けえってくれやせんか」

「わからねえのか、おれの親切が」

「どこまで本当なんですかね、旦那のは。お上の役人だと思うと素直な気持ちになれねえんですよ」

「まっ、そいつぁおれの身の因果《いんが》だな。けどおめえたちの幸せを願う気持ちに嘘偽りはねえんだ」

「もし旦那の言うのが正しいんなら、どうしてあっしが盗っ人の情婦なんかと一緒んならなくちゃいけねえんです」

妻八が食い入るような目で左内を見た。

左内は負けじと見返している。

「参ったぜ……」

妻八は太い息を吐き、遂に白状する。

「わかりましたよ、負けましたよ。みんな旦那の仰せの通りでさ。あっしはお先手鉄砲組同心で夏目又四郎と申しやす。日頃のお役を離れて、今は大鴉の弥蔵の召捕りを命じられておりやさ」

「御金蔵破りの件は聞かされてるんだな」

妻八はうなずき、重い表情で認める。

「蜷川殿はなぜ弥蔵を捕《つか》めえるんだ。探索の手は町方に移ったんだぜ。お先手組は手を引いたはずだ。おかしいじゃねえか」

「知りやせんよ、あっしは殿様に命じられてやってるだけなんで」

「今さらこの期《ご》に及んで手柄でもねえだろ。蜷川殿の考えてることがわからねえよなあ。どうだ、ちょいとご主君を探ってみねえか」

「あっしを味方につけようとしても無駄ですぜ。なんで旦那と手を組まなきゃならねえんだ」

「こいつぁなんとなくきな臭えんだよ、そう思わねえか」

左内は豪胆《ごうたん》な目を笑わせている。

「あっしの殿様をお疑いなんで」

「得心がゆかねえのさ。まっ、今日んとこはいいやな、けえるとすらあ」

左内が席を立ち、土間へ下りて、

「また来るからな」

そう言い残し、出て行った。

妻八は凝然《ぎょうぜん》と考え込んでいる。

「今さらこの期に及んで手柄でもねえだろ。蜷川殿の考えてることがわからねえよなあ」

たった今そう言った左内の言葉が、ずっと耳に残っていた。

それにもうひとつの言葉も消えなかった。

「おめえもさむれえなんだ、いっそ浜路殿と一緒んなっちめえよ」

切なく、やるせない思いに妻八の胸は震えた。

六

お金《かね》奉行は幕府の金庫を管掌《かんしょう》するお役で、元方《もとかた》（収納）と払方《はらいかた》（支出）の二つに分かれている。支配は勘定《かんじょう》奉行で、お金奉行の定員は四人、二百石高にお役料百俵がつき、月番交替である。下僚として元締役《もとじめやく》四人、同心二十三人、見習い六人が就いている。

それらは事務のお役だけでなく、江戸城御金蔵の警護をも任としていた。

音松が調べてきた不身持《ふみも》ちな同心は、村上徳治郎《むらかみとくじろう》といい、二十代前半の若者であった。叩けば埃が出るといっても、大した罪を犯したわけではなく、左内から見れば村上のそれはしょんべん刑だ。

村上はその日は非番で、昼過ぎから上野山下《うえのやました》の娼家《しょうか》にしけ込み、自堕落《じだらく》な時を過ごしていた。痩《や》せ型でのほほんとしたやさ男だ。

酒を取りに行った娼妓《しょうぎ》がなかなか戻らないので、村上はしびれを切らせて枕元《まくらもと》の小鈴を鳴らした。それでもしんとして誰も来ないから腹が立ってきて、夜具から半身を起こして怒鳴った。

「おい、何をしている。どうなってるんだ」

荒々しい足音が近づいて来て、障子が開くも、入って来たのは敵娼《あいかた》ではなく、同心姿の布引左内であった。

村上は驚き、慌てて身繕《みづくろ》いをし、

「な、なんだ、お主は」

左内はいきなりその前に座り込むと、

「人払いをした、当分は誰も来ねえぞ」

「どういうことだ、名を名乗れ」

若輩の分際で居丈高《いたけだか》だ。

「北の御番所の布引左内ってもんだ」

「布引だと？　知らんな。詮議《せんぎ》を受けるいわれはないぞ」

「ねえこたねえだろ」

「なんだと」

「おめえ、若えだけに盛んだよなあ」

「なんの話だ」

「あっちこっちに女をこさえて、よく身が持つじゃねえか。お役よりもそっちの方がでえじってか」

村上は落ち着かなくなってきて、

「わたしが何をしようが勝手ではないか、町方には関《かか》わりあるまい。放《ほ》っといてくれよ」

「ここみてえな安もんの女を廻してる分には一向に構わねえ。けどおめえはでえそれた罪を犯してるんだ」

村上はうろたえ、顔を背けて、

「何を言ってるのかわからんな、言い掛かりであろう、帰ってくれんか」

蚊《か》の鳴くような声で言った。

「お金奉行松島刑部《まつしまぎょうぶ》殿のご妻女楓《かえで》殿」

その名を出され、村上は狼狽《ろうばい》する。居丈高は影を潜め、しゅんとなって座り直し、

「か、楓殿がなんとしたか」

「密通《みっつう》をしてるよな、おめえ」

「あ、いや、それは違うのだ。誤解だ。誓って申すが楓殿とはそのような仲ではないぞ」

「不義《ふぎ》密通は御法度《ごはっと》なんだ。事が公《おおやけ》になればどういうことになるか、わからねえはずはねえよな」

「頼む、黙っていてくれ。あれは過ちだったのだ」

「過ちで済みゃここにゃ来ねえさ」

「なぜ町方が。これはお門違いだ」

左内はいきなり村上の頭をひっぱたいて、

「どこが支配かなんてことどうだっていいんだ。おめえが助かる道はひとつしかねえんだぞ」

「なんだ、それは。言ってくれ。事は穏便《おんびん》に済ませたい」

「穏便だと？」

「そ、そうだ」

「御金蔵破りの件だ」

村上は驚愕《きょうがく》に目を見開き、

「なぜ今頃になって御金蔵破りの件など。もう一年以上も前の話ではないか」

「詮議の手は町方に移ったんだ」

村上はうろたえて、

「わたしは何も知らん、知る由《よし》もない。こんな下っ端に聞くよりも、奉行殿に当たってみたらどうだ」

手早く着替え、刀を取って逃げるように行きかけた。

左内がその足首をつかんで引っ張ると、村上は無様《ぶざま》にすっ転び、どてっとぶっ倒れさらに左内は馬乗りになり、村上の頬《ほお》につづけざまに平手打ちを食らわせる。村上は泡を食って悲鳴を上げまくった。

「何をする」

た。

「うう、ああっ」

「不義密通が表沙汰《おもてざた》になりたくなかったら、御金蔵破りの件を話すんだよ」

「やめろ、乱暴はやめてくれ」

「じゃ言うんだな」

「わ、わかった、なんでも聞くがいい」

「御金蔵から三千両が消えたな本当なのか」

「それは……」

言い淀《よど》む村上に、今度はがつっと拳骨《げんこつ》が見舞われた。

鼻血を噴いて村上は泣き叫ぶ。

「御金蔵の扉に〝大鴉〟と書かれた紙っきれが貼《は》ってあったてのはどうなんだ。それも本当なのか」

「ああ、如何《いか》にも。わたしもその紙はこの目で見た」

「それじゃ三千両に話を戻すぞ。三つの金箱はどうやって消えた。誰が持ち去ったんだ」

「だから、大鴉一味が」

「おめえら警護をしていてそんな一味を目にしたのか」

「ううっ」

村上が言葉に詰まって呻《うめ》く。

「どうなんだ、この野郎」

村上はかぶりをふって、

「われらは見ていない。しかしその貼り紙から、大鴉一味の仕業《しわざ》であることは間違いないではないか。すぐにお先手組の強者《つわもの》どもが乗り出して来たので、こっちは手を引いた。そういう探索はお先手組はお手のものなのだ。だから後のことは知らん」

「お先手組の差配の名を言え」

「蜷川将監殿だ」

やはりそうかと、左内は内心で得心し、

「ほかには」

「蜷川殿がすべてを仕切っておられた。その後目付方も割り込んできて、蜷川殿率いるお先手組と探索の件でいがみ合っていたと聞いた。しかし当方はすでに関知しておらず、伝聞でしか知らんのだ」

「よし、事実関係はそれでよかろう。今度はおめえの思いを聞かせてくれ」

「思いだと？」

「天下のひっくり返るような大事件じゃねえか。お城んなかにいりゃ、おめえの耳にもいろいろへえってきてるはずだぞ」

「いや、それは困る」

「なぜ困るんだ」

「憶測《おくそく》を人に伝えるわけには」

左内が猫なで声になり、

「その憶測を聞かせてくんな、徳治郎殿。おれぁもうこれ以上乱暴を働きたくねえんだ」

村上は鼻血を手拭《てぬぐ》いで拭いながら、

「しかし、それを口にすると……わたしの立場はどうなる、困ったことになるのではないのか」

「でえ丈夫、しんぺえするな。おめえの身は守ってやらあな」

頰をぴたぴたと叩かれ、村上は屈辱を覚えながらも、ここから抜け出す道はもはやひとつしかないと思った。

それで打ち明ける覚悟をつけたのである。

七

日が暮れる頃に左内は一旦《いったん》組屋敷へ着替えに戻った。同心姿から無役の御家人風の、目立たぬ身装《みなり》に変化《へんげ》する。

お金同心の村上徳治郎から憶測ながら真相らしき告白を聞き出し、その裏付けを取るために動き始めたのだ。

夕餉《ゆうげ》時なのに屋敷はしんとして、田鶴も坊太郎もいないので、他家にでも行ったものと勝手に思い、待たずに出掛けようとした。今はそれどころではない気分だった。

着替えが済んで玄関へ向かうところへ、帰って来た田鶴と坊太郎の慌てた様子が伝わってきた。

左内はそこで歩を止め、聞き耳を立てる。

「おらぬか、坊太郎」

田鶴が坊太郎に聞いている。

「はい、どこにも。わたしは心配のあまりに竹庵先生の所まで行ったのです。浜路先生が急病にでもなって、駆け込んだのかも知れないと思いまして。でも来ていないと言われ、途方に暮れてしまいました。そのほかの心当たりにも幾つか行ってみましたが、やはり先生は。どうしたらよいのでしょう、母上」

「困りましたねえ、わたしも思案にあぐねますよ」

「もしかして人さらいにさらわれたのではありませぬか。先生は美人だから若い娘と間違われたとか」

「いいえ、そんなはずは。人さらいとて相手を見るでしょう」

「母上よりは若いかと思われますが。あ、いえ、どっちかな……でも母上、浜路先生がいなくなったらわたしはどうしたらよいのですか。明日から学問を教えてくれる人が」

「あっ、坊太郎、父上の履物《はきもの》がありますよ。戻っているのでは」

「父上、父上、先生がいなくなってしまったのです」

坊太郎が左内を探して屋敷の奥へ向かい、田鶴もその後について行った。だがどこにも左内の姿はなかった。

左内は田鶴と坊太郎の会話を聞き取り、浜路に異変があったことを知り、尋常ならざることが出来《しゅったい》したと察しをつけた。それで改めて話を聞くまでもないと思い、裏手から雪駄《せった》を履いて屋敷を抜け出していたのだ。

その足で酸漿長屋へ行き、左内はまず浜路の家の油障子を開けてなかを覗いた。生活道具や学問のための文机《ふづくえ》や学習道具などはそのままに、浜路の姿はなかった。次いで妻八の家も覗いたが、彼の姿も忽然と消えていた。やはり彫金の道具は放ったままになっている。二人は慌ててどこかへ行ったようで、手に手を取って消えたとしか思えない。両家とも、賊が押入ったような痕跡《こんせき》は見受けられなかった。

(駆け落ちかよ)

左内は切歯《せっし》して身をひるがえした。しかし二人がどこへ消えたのか見当がつかず、探しようがないことに気がついた。確かに妻八に駆け落ちをそそのかしたのは自分だが、本当に実行するとは思ってもいなかったので、左内は意表を衝《つ》かれる思いだった。思い当たる場所はひとつもないのだ。

妻八が嫌がる浜路をむりやり連れ去ったのか。いや、妻八はそんなことをする男ではないと思った。まだ蜷川将監の家来のはずだ。

では浜路の方が妻八をそそのかし、逃亡を計ったか。それも考え難い。

（こいつぁやはり相惚《あいぼ》れの二人の思いがひとつになって、なるべくしてなったんじゃねえのか。江戸じゃねえどっかほかの土地で暮らすことにしたんだ。その考えがすんなり収まるぜ）

長屋を出ようとして、左内がぎょっとなって身構えた。

木戸門の所に一文字笠《いちもんじがさ》を被《かぶ》った男が立っていたのだ。町人体《ちょうにんてい》で長脇差《ながどす》を腰にぶち込んでいる。

「誰でえ」

男が笠を上げた。弥蔵だった。皮肉な笑みを浮かべている。

「おめえ……」

「まんまと逃げられたみてえだな」

左内は長屋の住人の目を気遣い、弥蔵をうながして木戸門を出ると、近くの人けのない所へ連れて行く。

「二人のことは知っていたのか」

左内が弥蔵に問うた。

「ああ、知っていた。うすうす勘づいてもいたぜ。おれぁ遠くから見守っていたからな」

「なるほど、おめえは浜路お嬢様を守らなくちゃいけねえ立場だものな。元小石川御薬園の荒子さんよ」

「浜路様から聞いたんだな。そうよ、お嬢様を盗みの道へ引っ張り込んだのはこのおれなんだ。責任てものがあるだろう」

「おめえの口から責任なんて言葉が出るとつい笑いたくなっちまわあ。こちとらおめえだけが悪いとは思っちゃいねえぜ。いい年したお嬢様が、自分で選んだ道でもあるんじゃねえのか」

「まっ、そいつぁいいよ。旦那にあれこれ言い訳したってしょうがねえやな」

「二人はどこ行った」

「知らねえ、知りてえとも思わねえ」

「なんだと、おめえが知らねえわきゃねえだろ」

「言わねえよ、知ってても」

「妻八ってなお先手組の同心で、浜路殿を見張るために出張《でば》っていた。狙いは浜路殿じゃなくておめえなんだぞ」

「そのお先手組の頭の名を言いな」

「蜷川将監だ」

「……」

「どうした、何か思い当たるのか」

「臭えな、そいつ」

「どこが」

「このおれを御金蔵破りの下手人に仕立てようってんじゃねえのか。それで捕めえて衆目《しゅうもく》のなかでおれを成敗《せいばい》する。三千両の行方は闇から闇に葬《ほうむ》るつもりよ。筋が通ってると思わねえか」

「おめえがそこまで読んでるんなら話は早えや。実はその通りよ」

弥蔵は驚きの目を剝く。

「証拠はつかんだのか」

「証拠なんぞつかませるものか、蜷川が。しかしこっちはお金同心の証言を得てるんだ。それが何よりだぜ」

「それじゃ何か、蜷川の絵図によるとおれぁ盗みの汚名を着せられたままで、目を閉じることになってんのか」

「そういうこった、おめえの命運は決まってるんだよ」

「くそっ、冗談じゃねえぞ」

弥蔵が怒りで顔を赤くする。

「わかるよ、昔の経緯《いきさつ》を浜路殿から詳しく聞いた。またもや無実の罪を着せられて、おめえの立つ瀬はねえ。損な一生だったよな」

左内の言葉に、弥蔵は警戒の目になり、

「おい、旦那、おれを煽《あお》ってどうする。何を考えてるんだ」

「ここは一番、手を組まねえか」

「手を組むだと？」

「つまりおれたちは仲間になるんだよ」

弥蔵はまじまじと左内を見て、

「あんた、いってえどういう人なんだ。八丁堀同心がなんで盗っ人と仲間になるんだ。なんぞ魂胆《こんたん》があるんだろ」

「こういう役人なんだよ、おれぁ」

「わからねえな、どういう役人なんだ」

「教えてやらあ、ついて来な」

弥蔵はすっかり左内に呑《の》まれ、引きずられて、

「ど、どこへ」

「おめえを嵌《は》めようとしてる張本人の所に決まってんじゃねえか」

左内は夜空を見上げて、

「月の出のきれいな晩だなあ。討入《うちい》りにゃもってこいだぜ。あっ、元禄《げんろく》の討入りは雪だったんだ」

八

そのきれいな満月を、浜路は勿体《もったい》ないような目で見ながら道を急いでいた。同行しているのは妻八だ。覚悟の道行きゆえに道中荷を携《たずさ》え、肩や首に巻きつけたりしている。

場所は内藤新宿《ないとうしんじゅく》に差しかかろうという四谷《よつや》辺りで、すっかり暗くなった界隈に人影はない。

妻八の思案で、これより甲州《こうしゅう》街道《かいどう》へ出ようという算段をつけていた。

「夏目又四郎殿ですから夏目殿、そう呼んだ方がよろしいですわね」

浜路が手探りのような言い方をする。

「いいえ、今まで通り妻八で結構ですぜ。あっしは浜路さんとお呼びしやす」

「あなたはすっかり町人言葉が身についてしまったのですね」

「ええ、これでいいんですよ。今宵《こよい》限りで夏目又四郎とはおさらばするんでさ」

浜路はおずおずとして、

「あの、わたし、どうしてあなたに引っ張られてしまったのでしょう。自分で自分がわからないのです」

「合縁奇縁《あいえんきえん》という言葉がござんす」

「はい」

「きっとそれなんですよ。殿様から浜路さんの見張りを仰せつかって、飾り職として長屋に越して来て、おめえさんをひと目見た時からあっしぁおかしくなっちまった。浜路さんの虜《とりこ》になったんです」

妻八が背中で言う。

浜路は頬を染め、うつむいて、

「妻八さん、実はわたしもなのですよ。最初のうちからあなたのことが気に掛かっておりましたの。かんざしを作って下すった時は本当に嬉《うれ》しかった」

「浜路さん」

妻八は浜路の髪に挿《さ》されたかんざしにそっと触れ、その手を熱く握りしめて、

「あっしにはもはやお役も立場もねえ。さむれえでいる必要もねえんだ。考えること

はおめえさんと一緒んなるってことだけです。そう言ったら、おめえさんは嫌とは言わなかった」

「嬉しかった。何もかもみんな忘れて、あなたの胸に飛び込みたくなりました。子供たちのことだけが心残りですけど。後任の人を探している暇もなかったので、それだけが残念ですわ」

　妻八は浜路を強く掻《か》き抱き、

「おたげえ、昔のことは忘れて新しくやり直してえ。江戸を売って、おめえさんと暮らすんだ。世間じゃこんな二人は心中するって相場は決まってるが、あっしぁそんな考えは持たねえ。そうでござんしょう」

「はい、心中などしたくありませぬ」

「鄙《ひな》びた田舎でもいい、おめえさんと添い遂げるんだ」

「もう何も言わないで、妻八さん。先々のことだけ考えましょう」

　歩みだす二人の視線の先に、ぼんやりと灯《あか》りが見えた。

「あれは？」

　浜路に問われ、妻八は目を凝らして、

「宿屋のようだ」

「人目につかないお宿ですわね」

「今宵はあそこに泊まりやすかい」

浜路はこくっとうなずき、

「おまえ様と一緒ならどこへでも」

「じゃ、そうしやしょう」

二人の影が寄り添いながら、うす灯りの方へゆっくりと向かって行った。

浜路は寺子屋を捨て、妻八はお家と武士を捨てたことを、共に悔いてはいなかった。

ようやく手にした幸せを前にして、ためらう者はいないのだ。

九

どしん。

蜷川家の海鼠塀によじ登ろうとしていた左内が、不覚にも足を踏み外し、転げ落ちて尻餅《しりもち》を突いた。

先に登っていた弥蔵が身軽にひらりと下りて来て、

「でえ丈夫かよ、旦那」

左内を気遣った。

「でえ丈夫でえ丈夫、なんてことはねえ。しかしおれも年だよなあ、こんな大して高くもねえ塀から落ちるなんてよ」

「そんなんで討入り出来るのか、今日はけえってもいいんだぞ」

「今宵を逃しちまったら、次はまたいつんなるかわかったもんじゃねえ。やり遂げるぜ」

「そうかい」

塀の前に立ち、左内が見上げて間合いを計っていると、弥蔵がそばへ来て囁いた。

「調べさして貰ったぜ、旦那のこと」

「こんな所で何言いやがる」

「役所じゃ昼行燈《ひるあんどん》で通っているらしいな。手柄も立てたことねえみてえだ。いつもご同役のしんがりについて捕物に行くそうじゃねえか」

「だからなんだってんだ。それもおれ、ここで蜷川の首狙ってんのもおなじおれよ。一人の人間に違えはねえぜ」

「そこだよな、旦那は相手を油断させるのがうめえと言おうか、好きと言うか、ともかく人が悪いこた間違いねえ。油断させながら人のこと見て腹んなかで嗤《わら》ってんだろ」

「嬉しいこと言ってくれんな、おい、盗っ人のお兄さんよ。ちゃんと人を見る目を持ってんじゃねえか」

「じゃおれが睨《にら》んだ通りだってのか」

「ああ」

「つまり腹黒なんだな」

「この世の中、腹黒でねえと生きてかれねえぞ。人の裏掻いて何が悪い」

「呆《あき》れてものが言えねえや」

左内がすっと表情を引き締め、

「こんな所でおめえと与太話《よたばなし》してる暇はねえんだ。とっとと行くぞ」

「わかった」

弥蔵の助けを借り、左内は再び海鼠塀に挑戦した。

奥座敷では、蜷川将監が園を相手に淫《みだ》らな遊戯に耽《ふけ》っていた。

園を薄物一枚にし、みずからも寝巻だけの姿になり、園を肌も露《あらわ》に紐《ひも》で後ろ手に縛り上げ、それを梁《はり》に吊《つ》るし、真下に立った蜷川が女体の下腹部を弄《もてあそ》んでいるのだ。

「殿様、お許し下さいまし。園はもう耐えられませぬ」

切れぎれの声で園が訴える。

「わしが欲しいのか、そうなのだな」

「ううっ、もう堪忍《かんにん》を」

「はっきり申せ」

「はい、欲しゅうございます。お情けを下さりませ」

「ふふ、そう簡単に授けてなるものか。夜は長いのだ。もそっとおまえをいたぶらねば面白うないわ」

「あっ、ああっ」

蜷川に遊ばれ、園は随喜《ずいき》の泪《なみだ》を流す。

奇怪な声を発し、蜷川は残忍な快楽に浸っている。

それが不意に形相《ぎょうそう》を変え、背後の人の気配に鋭くふり返った。

左内と弥蔵が襖の向こうに立っていた。二人とも手拭いで頬被《ほっかぶ》りをした姿だから、どう見ても真夏の西瓜泥棒《すいかどろぼう》のようだ。

「何奴だ」

「たまげたね」

左内が呆れ顔で油断なく寄って来て、

「これがご大身《たいしん》のやることかよ。名家の名めえが泣くんじゃねえのか。娘っ子をいじめて何が面白え」

「おのれ」

蜷川が床の間に走り、刀架けから大刀をひっつかんだ。それを腰に差して鯉口《こいぐち》を切り、左内に向き直る。

弥蔵はすばやく園に駆け寄り、長脇差で紐をぶっち切り、女体を下へ降ろすと手拭いで目隠しをした。園は恐怖に震えている。

弥蔵が園に囁く。

「ここは見猿聞《みざるき》か猿《ざる》になっていろ。おめえは何も知らねえことにするんだ。いいな」

園が必死の思いでうなずく。

左内が蜷川へつづけて言う。

「そこにいるおれの連れがな、さっき蔵の戸を開けてくれたんでじっくりなかを見ることが出来た。そうしたらなんとおめえ、お城の御金蔵からなくなった三千両の小判が眠っていたんだ。そいつがあった以上はお咎めなしってわけにゃゆかねえぜ、蜷川家はお取り潰しだ」

蜷川の顔が憤怒《ふんぬ》で朱に染まってくる。

「あ、言い忘れたけどよ、この連れってな大鴉の弥蔵さんなんだ」

ぎらっと目を光らせ、蜷川が弥蔵を見た。

弥蔵はずいっと前へ出ると、怨みの目で蜷川に睨み返して、

「おう、お先手組の頭かなんか知らねえが、よくぞやってくれたなあ。おれぁ御金蔵の扉に〝大鴉〟の貼り紙なんざしてねえぞ。元よりお城にもへえってねえや。人に罪着せて、正真正銘の盗っ人はおめえじゃねえか。こんなひでえ話があるものかよ」

左内が補足する。

「おめえは人殺しを雇って大鴉一味の全滅を計ったよな。最後は頭の弥蔵を仕留めるつもりで、家来の夏目又四郎に見張りをさせていた。随分とど汚ねえことするじゃねえか。それにおめえが御金蔵から金箱を運び出すのをお金同心が見てるんだ。奴はあまりのことに怖ろしくて今日まで黙っていた。それをおれが聞き出したのよ。どうだ、恐れ入ったか」

それは村上徳治郎の憶測から、左内がかましたはったりだった。

蜷川が怒髪天《どはつてん》を衝いて吼《ほ》える。

「身のほど知らずの大馬鹿者どもが。何様のつもりでここまで来たか。わしにそれだけの口を利いて、生きてここから出られると思ってか」

左内が真顔を据えて凄《すご》む。

「死ぬのはおめえだ、蜷川将監」

「何い」

「この先いろいろ考えるとな、面倒臭えことだらけなんだ。だったらおめえがぽっくり逝《い》ってくれた方がすっきりするだろ。裁きの庭に出すまでもねえじゃねえか。おめえもそう思わねえか」

「黙れ」

蜷川が抜刀するや、猛然と左内に斬《き》りつけた。その勢い凄《すさ》まじく、刃風が唸《うな》り、殺気が爆発する。

左内の方もすでに抜刀し、烈しく応戦して引けを取らない。五分と五分の勝負に、弥蔵は固唾《かたず》を呑んで見守っている。白刃のぶつかる耳障《みみざわ》りな金属音が鳴り響く。両者は闘いながら座敷のなかを移動し、左内の刀がし損じて障子を真っ二つに切り裂いた。

隙を衝いた蜷川がここを先途《せんど》と斬りつける。その白刃を果敢《かかん》に跳ね返し、左内の刀が蜷川を真《ま》っ向唐竹《こうからたけわ》割りにした。

「ぐわあっ」

蜷川が仁王《にお》立《うだ》ちをし、血汐《ちしお》が流れ出して断末魔《だんまつま》の絶叫を上げるや、ずしんと壮烈に倒れ伏した。

弥蔵は慄然《りつぜん》と見ていたが、

「やるな、旦那」

「さあ、行こうぜ。こういう時はこっそりいなくならなくちゃいけねえ」

「あの娘っ子はどうする」

言って弥蔵がふり返ると、園の姿はいつの間にか消えていた。

「やっ、逃げやがったな」

「放っとけよ、あの娘は何も喋《しゃべ》らねえぜ」

「言い切れるのか」

「口封じなんざおれのやるこっちゃねえ」

先に行く左内の後を、弥蔵は追いかけて、

「旦那、どっかでいっぺえやってかねえか。このまま布団被って寝る気にゃなれねえぜ」

「よし、八丁堀に一軒ある、そこへ行こう」

「別嬪《べっぴん》がいるんだな」

「とんでもねえ、ひでえ化けべそがやってんのよ。ありゃふた目と見らんねえな。けど気は置けねえのさ」

放れ駒のお勝のことを言っている。

「そこでひと晩じっくり語り明かそうじゃねえか」

弥蔵が嬉しそうな顔でうなずいた。

十

左内と坊太郎が朝餉の膳《ぜん》に向き合い、田鶴が給仕をしていた。

大晦日《おおみそか》が近づき、江戸の町はどこもかしこも正月の支度に騒がしい。

「正月の支度がありますからね、わたし一人では賄《まかな》いきれませぬ。旦那様も坊太郎も手伝って下され」

「わたしは何をすればよいので？」

左内の問いに、田鶴が答えて、

「旦那様は八丁堀のご同役方と力を合わせ、餅搗《もちつ》きをして頂きます。わたしはお飾りを買いに行ったり、てんやわんやでございますのよ。お琴の稽古《けいこ》も年明けまでありませぬ」

「母上、ではわたしは？」

坊太郎の問いには左内が答える。

「おまえは学問をつづけておればよいぞ」

「え、でも浜路先生はいなくなってしまったのですよ」

左内は田鶴と見交わし、

「もう後任の先生が決まって、そっくりおなじ酸漿長屋で始めることになっている。おまえが心配することは何もないのだ」

「今度はどんな先生なのですか」

それには田鶴が答える。

「お年寄のご浪人だそうです。大変厳しい方らしいのでそのつもりでいなさい、坊太郎」

「うへっ、厳しいのかあ……浜路先生の方がよかったのになあ。浜路先生はどこへ行ってしまわれたのですか」

「父上は知らんぞ」

「わたしも知りませぬ」

ふた親ともはっきりしたことは言わない。

朝餉を終えた坊太郎が自室へ去り、左内は田鶴とゆっくり茶を飲む。

「旦那様、本当に浜路殿の行方は知らぬのですか」

「どうしてしまったのでしょう。どこへ行くにしろ、尋常ならばわけを話し、挨拶《あいさつ》ぐらいはして参るものでは」

「やむにやまれぬ事情があってのことなのでしょう。人はわからぬものですな」

「腑《ふ》に落ちませぬ」

「はあ、わたしとて」

「腑に落ちぬと申せば、お先手組の殿様がお屋敷で怪死なされたとか。町方には関わりありませぬが、もうそのお話でもちきりでございますのよ。こんな年の瀬へきて、なんとのう騒然としてございますわね」

「怪死といってもそれでは上に通りませんから、結句《けっく》は病死ということになるんでしょうよ。いつものことです」

左内が茶を飲み干すと、

「餅搗きはいつですかな」

「明日の予定でございますが」

「では市中見廻《みまわ》りに行って来ます」

「どうかお気をつけ遊ばせ」

「本当に知りません」

「はっ」

田鶴に見送られて組屋敷を出ると、左内は冷たい北風の吹く町へぶらりと繰り出した。

奉行所にいれば昼行燈、町へ出れば定廻《じょうまわ》りの旦那である。悪党をいじめ抜き、袖《そで》の下は取り放題、許せぬ人でなしには天誅《てんちゅう》を下す。へいこらしながら上役、同役をたばかって生きている。どこに本当の姿があるのか、左内自身にもわからない。風に吹かれて浮世をさまよい歩き、今日も弱者の声を聞く。

それのどこが悪いのかと、布引左内は開き直って今日もお江戸を闊歩《かっぽ》する。

時代小説文庫
わ 2-21

昼《ひる》行《あん》燈《どん》 布引《ぬのびき》左《さ》内《ない》影《かげ》御《ご》用《よう》

著者 和《わ》久《く》田《だ》正《まさ》明《あき》

2019年3月18日第一刷発行

発行者 角川春樹

発行所 株式会社 角川春樹事務所
〒102-0074 東京都千代田区九段南2-1-30 イタリア文化会館

電話 03(3263)5247[編集] 03(3263)5881[営業]

印刷・製本 中央精版印刷株式会社

フォーマット・デザイン&シンボルマーク 芦澤泰偉

ISBN978-4-7584-4243-5 C0193

http://www.kadokawaharuki.co.jp/[営業]
fanmail@kadokawaharuki.co.jp[編集] ご意見・ご感想をお寄せください。